PSYCHO-PASS SS Sinners of the System 下

サイコパス

著 吉上亮・茗荷屋甚六

c o n t e n t s

PSYCHO-PASS
サイコパス
SS
Sinners of the System
Case.3
恩讐の彼方に＿＿

赤い川を遡ってきた。血の色の川を。

かつて南アジアの肥沃な大地を潤してきた豊富な水量はもはやなく、古傷からじくじくと滲《にじ》み出るような細い流れは、腐り果てて魚も棲《す》めない。

狡噛慎也《こうがみしんや》のあてどない旅は、いまだ続いている。

故国を捨てたのは四年前の冬だった。去年の夏には東南アジア連合《SEAUn》にいた。東南アジアに築かれた偽りの楽園に。それから西へと流れ、今はインド亜大陸北部の国境付近に差しかかっている。

未舗装の田舎道を黙々と歩く狡噛の傍らを、猛スピードで行き交う車は、使い込まれたバスやトラックがほとんどだ。生活を背負った車両の群れ。かれらには行き先があり、帰る場所もまたある。多分、たいていの場合は。

狡噛には何もない。目的すらも。逃げてきたのだ。背負った罪のゆえに、生きることを許されない場所から。

であるならば、生きてこの世に在り続けることだけが、いまや彼の生のすべてであるのかもしれない。

けだもののごとき生きざまではある。が、恥じてはいない。已で選んだ道なのだから。それでも、時には考える。この旅に終わりがあるとすれば、死を迎える以外の決着は有り得るのだろうか？

もう二度と許されないのか。ひとつところに留まって、気心の知れた仲間たちと穏やかな暮らしを営むことは——

第一章　国境の野犬たち

二一一七年、一一月──

狡噛が流れ着いたのは沼地のなかの街だった。かつてはこの辺りの州都として栄えたとも伝え聞くが、その名残を今に留めるのは人の往来の激しさぐらいで、景観からは寂れ果てた印象しかない。歴史を感じさせる街並みには至るところにごたごたと物が積み上げられ、ゴミの臭気もひどい。車道脇に放置された車は部品を抜き取られ、骸骨のごとき有様だ。窓ガラスが割れたままの建物も目立つが、廃墟《はいきょ》ではなく、人の生活の気配がある。

見上げれば空は青く、真っ白な雲の稜線《りょうせん》がくっきりしている。その眺めを無粋に横切る電線が目立った。密林の蔓《つる》植物のように複雑にもつれあっており、無理な荷重のせいか電柱が傾いていたりもする。

おそらくは素人の手で勝手に増設されたものだろう。建物の窓から窓へ紐《ひも》が張り渡され、無数の小旗も翻《ひるがえ》らせているので、ますます空が狭く感じられた。小旗はチベット密教の風習に似ていたが様式が異なっており、どういう由来の物かよくわからない。

なんにせよこの地に暮らす人間たちが為した営みなのは確かだ。重要なライフラインである電線と、風と戯れる小旗の連なり。それらの線が交錯し、空までも地上と同じく無数の小区画に切り分けられているかのようだ。

だが人間は空に住めるわけではない。

地上を這《は》いずり歩くしかない身なればこそ、狡噛もまたここにいて、旅を続けている。

獣毛のような黒の髪はその放浪の距離に相応《ふさわ》しく、砂塵《さじん》に削られて針金のように硬くなっている。そのくせ傭兵稼業を喧伝《けんでん》するようなアーミーブーツに暗緑色のカーゴパンツ、洗いざらしのTシャツにデニムのジャケットを羽織った狡噛の肌は、日本にいた頃と変わらないくらいに白い。けれど、その蒼《あお》い瞳は群れからはぐれて荒野を放浪する狼《おおかみ》のような孤独な光を宿している。

旅の往《ゆ》く先で出会っては別れていく人々は、そんな狡噛の横顔が飼い主も任務も失い、ただ戦場を彷徨《さまよ》い続ける軍用犬のように寂しげだと言う。そうかもしれない。が、そうではないかもしれない。

寂しい、という感情は、狡噛が国外逃亡を為して以来、ほとんど無縁と言ってよかった。もとより、大勢とつるむことを欲する性格でもない。しかし、不思議と狡噛の赴く先々で、自然と周囲に人が集まってくる。

まるで渦に吸い寄せられるように――

そのように狡噛を評したのは、日本で執行官をやっていた頃の後輩――常守朱《つねもりあかね》だったか。初めて会った頃は新任監視官らしく初々しかったのに、去年、ＳＥＡＵｎで再会したときには、とんでもなくタフな刑事になっていた。あいつは優れた刑事《デカ》だ。その観察眼に、まず狂いはない。

渦。回転する、渦。傭兵や戦術顧問という稼業が、どの土地でも紛争の絶えない大陸にあって引く手あまたという需要を差し引いても、狡噛は多くの人間に求められた。求められすぎた。かれらはやがて群れとなって狡噛に率いられることを望むようになった。その期待に応えた頃もあった。狡噛は戦うすべだけでなく、戦う理由さえも、かれらに与えた。誰かのため、何かのために命を擲《なげう》ってでも戦うこと。そこには確かな絆《きずな》があった。親友もできた。

そんなかれらが――、生きるために戦おうとする連中が、戦いのたびに死んでいった。

いつしか、狡噛はひとつの土地の留まることをやめた。傭兵の仕事を済ませ、また放浪の旅に出る。そうこうしていうちに、どこに向かっているのかもわからなくなった。ただ、次へ次へと居場所を転々とし、行く当てもなければ帰り着く場所もない。これは果たして、旅と言えるのだろうか。そもそも、この赤茶けた土を踏みしめる足は、いまだに肉体を伴っているのだろうか。歩くたびに、前へ進むほどに、世界は曖昧な霞《かすみ》のようにぼやけていく。

とはいえ、それでも腹は減る。

おあつらえ向きに酒場が目に留まった。堅気の店ではなさそうなのは、外のテラス席で管を巻いている酔客たちの様子からも見て取れる。

だが狡噛は迷わず自在戸《スイングドア》の入り口をくぐった。古風な西部劇《ウエスタン》を思わせるデザインの扉は、胸の高さの辺りにしか遮る物がない。

あらかじめ店内の様子を外から窺《うかが》うこともできたが、狡噛は頓着しなかった。店の周りがよそより小綺麗《こぎれい》で、窓ガラスも破れてはいなかった。それだけである程度の信頼は置ける。客層がどうあれ、店主には店の状態を一定水準に保てる才覚があるということだ。

入り口から向かって左のフロアが一段低く掘り下げてあり、角テーブルが並んでいる。そのひとつ、入り口に近い席を囲んだ四人連れが剣呑《けんのん》な眼を向けてきた。堅気の衆には見えなかった。おそらくは傭兵。だとすれば同業者ということになる。あるいは盗賊かもしれないが、胡乱《うろん》さでは似たようなものだ。むろん狡噛自身についても同じことは言えるだろうが。

四人連れはじろじろとこっちを見ながら何ごとか囁《ささや》き交わしている。無視して奥のカウンターへ向かう。客はまばらで、おおむね独り客らしい。ちらちらと視線を向けてくるのは、店内の空気が変わったことへの警戒感ゆえだろう。こういう街で生き延びるには嗅覚が要る。それと逃げ足。度胸は二の次だ。腕と運がなければ死に急ぐ羽目になる。

店の奥まった一角には大型の円卓がふたつ。その一方をひとりで占領したスキンヘッドの男が気になった。若くはない。かけている眼鏡は老眼鏡かもしれない。しかし使い込まれたミリタリージャケットの下には鍛え抜かれた肉体が隠されていることが窺えた。兵士だろうか。であるならば腕利きに違いない。当然店内の空気の変化を感じ取っているはずだが、我関せずといった風情でノートPCを広げ、何やらデータらしきものを読んでいる。卓上には壜《びん》ビールの他に、アイスペールとオンザロックのグラスも置かれていた。長逗留《とうりゅう》の構えだ。常連客であり、店にとっては上客でもあるのだろう。

狡噛はカウンターの真ん中の席に着き、食事とビールを注文した。

中年の店主はまず酒を出し、狡噛が喉を潤している間に手早く料理を仕上げた。火を使ったせいか、男の額にじわりと汗が浮く。禿《は》げ上がった頭頂部にしぶとく残ったわずかな髪の毛が、汗の玉を食い止めて鈍く光った。料理は上出来だった。全粒粉のクレープ《チャパティー》で鶏団子《シークカバブ》と野菜を巻いたサンドイッチと、バナナの葉に載せて饗《きょう》されたレバーのオリーブ油炒め。いずれもビールが進む味だった。たちまち一本飲み干し、おかわりを注文した。

支払いは9ミリ弾のカートンで済ませた。傭兵稼業の代金は現物支給も多い。撃ってよし、貨幣代わりに使ってよしの万能アイテム。元より懐は寂しかったし、なけなしの金は、皆よその国で発行された貨幣だった。国家が消え、金融システムも破綻して久しいから、通貨両替などできはしない。政情不安が続く地域では紙屑《かみくず》扱いされる。むしろ換金ルートに乗る品物のほうが値打ちがあり、喜ばれもする。特に銃弾などは、その筆頭だった。むろん受け取る側に取り引きの伝手《つて》と才覚があればの話だが。

と、入り口に近い席の四人連れがおもむろに立ち上がり、狡噛を取り囲んだ。

マスターがびくびくしながらビールを差し出し、カウンターの上に置く。

その壜を、狡噛が取るよりも早く払い落としたのはアフガン風ストール《シユマグ》を巻いた男だった。

「……おまえ、ただで盗賊団から村を救ったんだって?」

ニンニク臭い呼気を吐きかけながら男は凄《すご》んだ。

「ずいぶんふざけた話じゃねえか……」

なるほど。狡噛は理解した。営業妨害のクレームらしい。

最近まで滞在していたシャイアンプールの村では、確かに多少の働きをした。感謝されもした。けれど、そのことで怨《うら》みも買っていたというわけだ。

四人連れはこの辺りを根城にする傭兵グループで、盗賊団から村を守る契約を結ぼうと企てていたのだろう。

珍しくもない話だ。治安が悪ければ番犬が求められる。需要あるところ供給が生まれ、こういった連中も集まってくる。飢えた犬というより、屍肉《しにく》にたかる蠅《はえ》に似た奴らが。

かれらにしてみれば、自分たちの食い扶持《ぶち》を流れ者に奪われ、しかもそいつは代価を求めなかったというのだから不当廉売《ダンピング》には違いない。腹を立てるのも無理からぬところではある。

だからといって詫《わ》びを入れるつもりもさらさらなかったが。

「ノーギャラじゃない。俺の国には、一宿一飯の恩義という言葉があるんだよ」

狡噛はスツールにかけたまま、相手を睨《ね》めつけた。淡々とした口調が癇《かん》に障ったのか、傭兵たちの形相が変わる。カタギらしい数人の客が、慌てふためいて店から逃げ出していく。

「……この、クソ野郎が！」

カウンター上の料理の皿を荒々しく払いのけ、男は飲み干したビールの空き壜を取って殴りかかってきた。

するりとかわして席を立った狡噛は、男の手をひねり、壜を奪い取る。

その鼻面をカウンター気味に殴りつける。鼻血が散り、折れた歯が飛ぶ。男はぐらりとのけぞって倒れかけた――ところで、襟首を摑《つか》んでぐいと引き戻し、一気に背負い投げを決めた。

連れの男たちが皆あっけに取られて立ちすくんでいる。その間を割るようにしてシュマグの男は吹っ飛び、半地下になったフロアへ転げ落ちていった。

狡噛はビール壜を捨て、両手を空けた。

シュマグの男の連れは三人。髭面《ひげづら》、ソフトモヒカン、それに軍帽の男だ。

ソフトモヒカンが山刀《マチエーテ》を抜いたのを合図に、続けざまに同じ得物を抜き放った髭面が左から突っ込んでくる。

「両脚、切り落としてやる！」

狡噛はその場に立ったまま、脚を軽く払って手近なスツールを転がした。髭面は、もののみごとにスツールに蹴躓《けつまず》き、前のめりに倒れた。

右手からソフトモヒカンが斬りかかってくる。狡噛は動じず、二の腕で相手の腕を払いのけながら体《たい》をさばく。受け流されたソフトモヒカンは突進の勢いそのままにカウンターへ突っ込み、刃を厚板に食い込ませた。

すかさず狡噛は相手の懐へ飛び込み、足払いをかけつつ後ろへ倒す。棒きれのように倒されたソフトモヒカンの後頭部が、床に叩《たた》きつけられて鈍い音を立てる。手から離れた山刀はカウンターに食い込んだまま残っていたが、持ち主の昏倒《こんとう》と同時に、その衝撃で真下へ落ちて転がった。

やや離れて見守っていた軍帽の男が、山刀を抜きながら間合いを詰めてくる。髭面も起き上がっている。その手には、ぎらつく刃。

どちらを相手にする？

狡噛は髭面へ向き直った。より間合いが近いほうから潰すのはセオリーだ。

相手は袈裟懸《けさが》けに斬りかかってくる。動きの隙が大きい。難なくかわして相手の腕を極《き》めると、即座に膝蹴りで体《たい》を浮かせた。動きを止めず時計回りに回転しながら相手を倒す。ソシアルダンスのごとくスピンした髭面は、カウンターに後頭部を激突させて頽《くず》れる。

そこに、軍帽の男が雄叫びを上げ、山刀を振りかざして突っ込んでくる。

狡噛は傍らのスツールを取り、振り向きざまに受けた。火花が散った。金属製である。でなければ長持ちしないのだろう。こういう荒事は、大陸のどこでも日常茶飯事だから。

軍帽の男は気勢を殺《そ》がれ、それでも山刀を再度振り上げた。大げさな動きだ。その隙を逃さず、ショートレンジから振り抜いたスツールで、相手の横っ面をしたたかに打つ。

ほぼ真横を向く格好になった軍帽の男は、白目を剝いて昏倒した。倒れる寸前、男の右手首をひねり上げると、手の中から山刀がぽろりと落ちた。それを左手でキャッチし、改めて床に突き刺す。

身を起こしかけていたソフトモヒカンの男が、怯《おび》えた表情でそれを見ている。

それを見たら、なんだか馬鹿馬鹿しくなってきた。そもそも、こいつらと命を奪《と》り合う理由もない。この酒場には飯を食いに来たんだ。狡噛は軍帽の男を床に横たえ、うんざりした口調で言った。

「もういいだろう。さっさと失せな」

男たちは、ふらつきながらも先を争って転げるように逃げ出していった。半地下のフロアに転がり落ちたまま、呻《うめ》いているシュマグの男を置き去りにして。

「ああ……、いつもいつもめちゃくちゃにしやがって、これだから傭兵は――」

どこに隠れていたのか、店主がカウンターのなかに戻って大袈裟《おおげさ》に嘆き始めた。

狡噛は苦笑しながらマスターに向き直った。さて、どう詫びたものか。

と、背後で鈍い音がした。

振り向くと、シュマグの男が拳銃を構えて狡噛の背を狙っていた。ヤバいな――一瞬、死を覚悟して背筋がぞわりとした。なのに、心は不感症になったみたいにさざ波ひとつ立たずに静かなままだった。

だが、その引き金が絞られることはなかった。直後に、シュマグの男の左眼にコンバットナイフが突き立てられていたからだ。深く突き立った刃の切っ先は、眼球を裂き、視神経を貫いて脳組織まで到達している。残った右眼が自分の身に何が起きたのか確かめようと左側へ寄っていき、得心がいったのか、それとも事切れたのか、シュマグの男は仰向けに倒れ、二度と動かなくなった。

誰だか知らないが、恐ろしく精確なナイフの投擲《とうてき》だった。曲芸ではない実戦の投げナイフ。

スキンヘッドの男が立ち上がっている。円卓でPCを睨《にら》んでいた男だ。いつの間にか眼鏡は外しており、静かなまなざしを覗《のぞ》かせていた。自分と似た目をしている――人殺しに慣れた者の目つきだ――おもむろにシュマグの男の死体へ歩み寄っていく。

「殺すことはなかった」

狡噛の呟《つぶや》きにスキンヘッドの男は目もくれず、死体の傍らに跪《ひざまず》く。ナイフに手をかけ、引き抜く。

「今のは、おまえのせいだぜ」

スキンヘッドの男はナイフについた血やどろっとした透明な硝子体《しようしたい》を、死体の服で拭い、ホルスターに収める。

手慣れた仕草だ。こういう場面を一度ならず経験してきたのだろう。

マスターが溜息《ためいき》をついてかぶりを振った。無理もなかった。喧嘩《けんか》の果てに人死にまで出たとなれば、つきまとう面倒ごとは格段に増えるだろう。

「マスター。飲み直しだ。死体を片づけてくれ」

スキンヘッドの男は、カウンターにクリップで束ねた札束を放った。

「はいっ……、ありがとうございます、ガルシアさん」

ガルシアと呼ばれた男は、にこりともせずに円卓へ戻り、席に着いた。何ごともなかったようにPCの画面へ眼を向ける。話は終わった。そう言っているようでもあった。

が、狡噛はこのまま済ますつもりはなかった。

まっすぐにガルシアの席へ向かい、ストレートに問いかける。

「さっきのは俺のせいって、どういうことだ？」

ガルシアは顔を上げ、無造作に答えた。

「おまえの甘さだ」

ガルシアの口元がわずかに緩んだかに見えた。苦笑だったかもしれない。が、すぐに無表情に戻り、自信に満ちた口調で続けた。

「もっと徹底的に痛めつけておけば、さっきの男も拳銃を抜けなかった。そうしたら俺も殺さずに済んだ」

一理ある気もした。が、どこかおかしな理屈にも思えた。とはいえ、とっさの反論も浮かばない。

この禿頭《とくとう》の男は投げナイフも上手いが言葉も上手いらしい。いずれにせよ、ガルシアは今言った通りの論理で動くのだろうし、生き延びてもきたのだろう。どんな人間にも一家言があり、それは大抵、誰とも共有できない。はっきりした事実は、狡噛はガルシアに助けられた、ということ。

ガルシアが無言で隣の椅子を引いた。座れと促している。

狡噛は誘いに応じた。この男に興味が湧いていた。

店主が新しいビールを持ってきた。壜は二本ある。一本は狡噛の前に置かれた。

「俺の奢《おご》りだ。金ないんだろ、おまえ」

ガルシアがふっと笑う。

「武器弾薬はある」

「酒場のマスターを武器屋に転職させる気か」

それもそうだ。狡噛は素直に厚意を受け取ることにする。

ガルシアはノートＰＣを畳んだ。ＰＣの表面には国連のマークを模したエンブレムが大きく記されている。添えられたロゴには〈Peace Monitoring Group〉とある。さしずめ停戦監視団《ピース・モニタリング・グループ》とでもいったところか。

「こんな狭い街中で傭兵が銃を撃ちまくったら、連帯責任だ」ガルシアが言った。「俺の傭兵団までここの連中に憎まれる」

「あんたも同業者か」

だから助けてくれたということか。狡噛のためではなく、身内がこの街で居づらくならないように。

そういえば、世界に秩序があった頃、国連には、かつて平和維持軍《PKF》と呼ばれる組織が存在した。水色のカラーリングを帯びた軍隊。紛争地域に介入、停戦と和平交渉をうながすことを任務とする。といっても、国連が解体されて久しい現在では、かれらもまた歴史の記述のひとつになった。

ひょっとするとガルシアのルーツは、その平和維持軍にあるのかもしれない。

だとすると、ためらわず投げたあのナイフは、彼なりの論理では「平和の維持に貢献する」ための行動だったのか。

考えながら狡噛は胸ポケットから紙巻き煙草を出し、一本くわえた。

と、ガルシアがライターの火を差し出した。

気心の知れた間柄ならともかく、初対面の相手にそうされると、接待されてるみたいで妙な気分になる。

少し驚いたが、ありがたくもらって深く吸い付ける。

「おまえ……、日本人だろ」

たっぷりと楽しんだ紫煙をゆっくりと吐いて、狡噛は答える。

「狡噛慎也だ」

「日本人は好きだぜ。真面目《まじめ》でよく働く」

親しげな調子になってガルシアは、卓上のビール壜を手に取った。日本人は実際、真面目に働くのだろうか。

〈シビュラシステム〉に管理された今の日本では、労働は健全なメンタルを維持するための娯楽に過ぎなくなった。とはいえ、働かなくてもいいのに働きたがるのだから、確かに日本人はガルシアの言う通り、働き好きなのかもしれない。

実際、狡噛も日本にいた頃は、仕事中毒《ワーカーホリック》だった。刑事の仕事は相性がぴったりで、事件を追っているときだけは生きている実感がした。今となっては、何もかもが遠い過去になりつつある。

「狡噛、おまえはこの後はどこへ行く予定なんだ」

ビールを飲んだ。よく冷えている。いっきに半分ほど空け、ひと息ついて壜を置くと、放り出すように答えた。

「……北の、チベット・ヒマラヤ同盟王国。あそこが荒れそうだと聞いた」

「おぉ、奇遇だな」ガルシアが身を乗り出した。「ちょうどいい。車を貸してやろう」

となると、かれらも同じ地へ向かうつもりなのだろう。似た嗅覚を持っているなら、そうなる。

が、妙な成りゆきに狡噛は警戒した。

「これって勧誘されてるのか？」

ガルシアは不思議そうに狡噛を見ている。説明するのが億劫《おっくう》だ。

「勘弁してくれ」

狡噛は乱暴に言ってビールを呷《あお》った。ガルシアはますます不思議そうな顔をした。

「仕事はいらないのか？」

欲しい。というか、そのために北へ行く。ついさっきそう告げたばかりなのだから、ガルシアの困惑も当然だった。

説明しないわけにはいかなかった。納得させられるかどうかはわからないが。

「組織に所属すると、やりたくないことをやらされる……。そういうのはうんざりしてるんでな」

刑事の仕事は、確かに性に合っていた。天職と言ってよかった。だが、シビュラ社会における「刑事」の仕事は、狡噛にぴったりと嵌《は》まった「刑事」の仕事とは、少しズレていた。狡噛は、監視官と執行官の仕事を両方経験し、結局そのどちらからも弾《はじ》かれてしまった。規格外の歯車。狡噛がやりたいことは、周りの人間や社会と噛《か》み合っているようで、なぜかいつも肝心なところで噛み合わなくなる。

ガルシアは黙って聞いていた。微笑《ほほえ》んでいた。内心はどうなのか、狡噛は知らないし知る由もない。やがてガルシアは口を開いた。

「……やりたくないことはやらない、か」

羨ましそうな口調に聞こえた。が、すぐに表情を引き締め、忠告するように言った。

「それはそれで険しい道だぞ」

わかっている。というより日々思い知らされ続けている。今まさに狡噛が辿《たど》っているあてどない旅が、彼が選んだ自由の代償に他ならない。

「おまえがうちに入ってくれたら嬉《うれ》しいが……」

ガルシアが言った。狡噛は伏せていた眼を上げる。ガルシアは笑って、ビール壜を高く掲げた。

「車を出すのは、今の乱闘が面白かったからだ」

「フッ……」

狡噛も笑みを洩《も》らし、壜を軽く打ち合わせて乾杯した。

「それなら世話になるとしよう」

第二章　天から降ってきた男

口笛のメロディが流れている。どこかで聞いた覚えのある曲だ。まるで古いミュージックナンバーのような。即興かもしれない。伸びやかに響くその音色に包まれて、浅い夢のなかを漂っていた。

がくん、と大きく車体が揺れて、狡噛は眠りを覚まされた。

するとそこには夢のなかよりもなお不思議な光景が広がっていた。

車窓の向こうに広がる山道は、無数の旗で飾られていた。五色の旗だ。

チベット仏教で用いられる祈禱旗《きとう》だ。幟《のぼり》に似た大型の旗がダルシン。万国旗や飾り旗《ガーランド》のように綱に連なった小旗の群れは、確かルンタ。どちらも近くで見れば、表面には経文が書かれているはずだ。風を受けてはためくたびに、経文を唱えたのと同じ功徳《くどく》があるという。

狡噛は車のウィンドウを下ろした。冷たい風が吹き込んできて、身が引き締まる。外の光景もよりいっそう鮮やかな色合いで眼を奪った。

標高が高いのだろう、空気は薄い。光と影の境目もくっきりしている。

起伏に富んだ峠の遥か向こうに聳《そび》え立つ雪山はヒマラヤ山脈の高峰だろう。

「お目覚めですかぁ、お姫様？」

運転席のツェリンが言った。つまらない冗談だが、悪気はないし罪もない。ただ、この男は口を開くとどら声だ。みごとな口笛とは似ても似つかない。

そんなことをぼんやりと考えながら狡噛は、窓外の景色を眺めた。

「どの辺りだ？」

尋ねると、ツェリンがムッとした。冗談に絡み返さなかったのが不満らしい。が、すぐに気を取り直し、陽気に答えた。

「もうとっくの昔にチベット・ヒマラヤ同盟王国だよ。ここを越えたら首都レジムチュゾムだ」

うとうとしている間にかなりの距離を走ったらしい。ガルシアが貸してくれたＳＵＶはなかなかの性能だったし、ツェリンの腕も悪くない。

「しかしあんたも物好きだねぇ。今、この国は政府軍の戦力が低下しちまって、武装ゲリラや民族同士の争いで大変だってのに」

恐ろしげな話題だが、この男がしゃべると歌のように聞こえる。

狡噛は不思議なものを見るようにツェリンを見た。

聞き役がいると張り合いがあるのか、ツェリンの調子はますます上がってきたようだ。子供相手の紙芝居でも演じるようにくるくると表情を変えながら言った。

「俺だってボスの命令じゃなきゃ行かないね。マジでおっかねぇんだぜ！」

「ツェリン」

「んぁ？」

「おまえ……よくしゃべるな」

「ハッ！　うるさいか？」

「いや……ツェリンの話は面白い」

ツェリンは嬉しそうに笑った。

実際、この男は何をしゃべっていても楽しそうだ。演技ではあるまい。根っから陽気な性質《たち》なのだろうし、口では脅かすようなことを言いながらも、彼自身今回のドライブにわくわくしているらしい。その昂揚《こうよう》が、尊敬するガルシア《ボス》から直々に命令を受けた嬉しさなのか、あるいは危険な任務をこなす勇敢な自分を誇っているのかはわからない。いずれにせよ狡噛に恩を着せようと考えているわけではなさそうだった。こういう奴は信用できる。利につく者は裏切るが、誇りを持つ者はそんな真似はしない。

ほどなくツェリンは車を駐《と》めた。峠道のてっぺんだ。開けた視界には雲海が広がり、そのなかから山また山が顔を出している。

ツェリンはそそくさと道端へ行って立ち小便をし始めたので、狡噛も車にもたれて一服することにした。目の前に石造りの仏塔《チョルテン》が建っている。信仰対象であると同時に里程標としての役目も担っている。さすがに紫煙を吹きかけるのはためらわれた。

真上へ向けて煙を吐くと、空の色が濃い。地表の塵《ちり》は遠く、成層圏に近い分だけ、大地から遠い。

「じゃあ、とびきり面白い話をしてやる！」

小便を続けながら、ツェリンが狡噛を顧みて宣言した。

「ある雨の日だ。ひとりの男が傘も差さずに大通りで踊ってるんだ。そりゃあみごとなダンスで、見物人はやんやの喝采よ」

どこかで聞いたような場面だが、話の腰を折るつもりはない。狡噛は無言で聞き流し、雄大な景色を眺め渡した。

眼下に続く山道は、やがてもうひと筋の道と合流し、なだらかな丘を巻いて下っていく。その先は同盟王国の首都レジムチュゾムへと通じているはずだ。

「そこに居合わせた俺は……」

そのときだった。

遠くで、破裂音が響いた。反射的に、狡噛の知覚が警戒態勢を取る。

「おい。ちょっと待て」

「んぁ？」

ツェリンがそそくさと用を済ませ、車のところまで戻ってくる。

「なんだよ、こっからが面白いってのに……」

答えずに耳を澄ます。空耳だろうか。

いや違う。狡噛は確信した。

「銃声が聞こえた」

そう告げて峠の外れまで走る。眼下の山道を、猛スピードで走り抜けていくバスが見えた。屋根の上にくくりつけられた大量の荷物で重心が高くなっているのか、挙動が危うい。カーブのたびに大きく傾《かし》いで、今にも横転しそうだ。

そんな無謀な運転をしなければいけない理由が、バスの背後から迫ってくる。

二輌の武装トラック《テクニカル》が追ってきている。それらの荷台には小銃を構えた武装ゲリラの姿があった。

「難民の避難バスが襲われてる！」

狡噛の叫びに、ツェリンの表情が引き締まった。

避難バスは、難民たちを満載して首都を目指していた。屋根の上にくくりつけられた荷物は乗客たちの家財道具であり、なけなしの全財産と言っていい。むろん値打ちは知れたものだが、飢えた野犬を引きつける餌としては十分すぎるほど魅力的なのだ。実際、略奪者にとって、抵抗するすべを持たない難民は楽な獲物そのものだった。

車内を貫いて飛び交う銃撃が、そちこちに火花を散らす。

乗客たちは身なりも年齢も様々だったが、皆頭を低くし、身を寄せ合って固まっている。悲鳴はくぐもって聞こえる。声をたてれば見つかって狩られるとでも言うように、どの乗客も恐怖さえ押し殺そうとしていた。

テンジンもまた歯を食い縛って耐えていた。

怖い。けれど、この程度のことは覚悟していたし、騒いだってどうにもならない。

彼女はもう一四歳。子供ではない。だからこそ、たった独りでこのバスに乗ってきたのだ。

隣席に乗り合わせた年配の女性は見ず知らずの人だったが、ひどく怯えていたから抱き締めてあげた。ありったけ着込んできたのだろう衣類の嵩張《かさば》った感触の奥に、痩せ細った身体が震えている手応えがあった。

この人も独りきりでバスに乗ったのだろうか。身よりは。行く当ては――

テンジンは抱き締める腕に力を込めた。今の彼女には、それ以上のことは何もできない。

ビシッ、と鋭い音を立ててフロントガラスに弾痕の穴が空き、血が飛び散った。シートごと射貫かれた運転手の身体が前のめりになって、車体が大きく蛇行する。

テンジンは、老いた女性を抱いたまま必死にバランスを取り、シートから投げ出されまいと踏んばった。

運転手は左腕を撃たれていた。かなりの流血だが、意識はあるようだ。右腕一本でハンドルを操ろうと悪戦苦闘している。だが、挙動が乱れた分、バスの速度が落ちる。

その間に、二輌のテクニカルはぐんぐん差を詰めてくる。

先行する賊がバスと並んだ。

ここまでか。

今度は、生き延びられるだろうか。

窓外を窺っていたテンジンの脳裏に、様々な思いが去来した。

と——彼女の視界に、新たに飛び込んできたものがあった。

それはまさに天から降ってきたように見えた。

バスの右手は峠の急斜面で、崖と言っても差し支えはない。風になびく五色のダルシン群が後方へびゅんびゅん飛び去っていく。

その旗の向こうから、ほとんど真横へ滑り落ちるようにして、SUVが接近してくる。四輪駆動のタフな車だ。とても高価で希少だから、国内で見かけることは珍しい。

けれど、まさかこんな動きをするなんて。テンジンは度肝を抜かれる。高速でチェイスを繰り広げるバスに対して、SUVが峠のてっぺんから真っ逆さまに下りてきたかと思えば、鮮やかに追い抜いていったのだ。

SUVの後部座席から、ひとりの男が身を乗り出した。

まるで曲芸師だ。SUVのルーフに載った男の両腕は、釘《くぎ》で打ちつけられたかのように微動だにしない。とてつもない筋力とバランス感覚の持ち主だ。彼女の眼には、まるで男が荒馬を乗りこなすようにして車を駆っているように見えた。

男は小銃を手にしていた。いわゆる突撃銃《アサルトライフル》。ゲリラがよく用いるタイプにも似ていたが、あまり見かけないシルエットをしている。かなりのカスタマイズが施されている。新たに出現した銃口に、しかし不思議と恐怖心を抱かなかった。その銃口は、バスを狙ってはいなかったから。

撃った。ただ一発。

直後、賊のテクニカルがうねりながら後退していった。

タイヤを狙ったのだ。そして当てた。急斜面を疾走する車の上から。とてつもない技量。

ドリフトで崖を駆け下りてきたSUVは、バスを追い越した格好で道の上へ躍り出た。賊のテクニカルの真ん前を塞いだかたちだ。

箱乗りの男が、もう一発撃った。

先行する賊のテクニカルは両前輪を打ち抜かれて完全にコントロールを失い、道を外れて山裾へ転げ落ちていく。

テンジンは、一部始終を見ていた。怖さも忘れ、身を乗り出すようにして。

もう一輌のテクニカルが追いついてきた。荷台のゲリラはものすごい形相でライフルを構えている。と、その手からライフルが弾け飛んだ。

SUVの男が、ゲリラの銃の機関部を狙い撃ったのだ。暴発し使用不能になった銃を捨て、ゲリラは慌てて身体を引っ込めた。武器を失って戦意を喪失したらしい。

と、運転席のゲリラが窓から身を乗り出した。

しかし手にした拳銃は、一発も撃たないうちに弾き飛ばされていた。空っぽの手をサイドミラーにかけてバランスを取ろうとした途端、今度はそのミラーが砕け散る。ゲリラは怯えて頭を引っ込めるしかない。

すごい、すごい――テンジンの全身が熱くなった。

間違いない。ＳＵＶの男は、あえて武器や車だけを狙っている。

あれだけの腕があれば勝負など一瞬でつくだろう。なのに、そうしない。あえて回りくどい方法を取る。その理由は、ひとつしか考えられない。

――無駄な殺生《せっしょう》を避けたいのだ。

仏教徒だろうか？

そうなのかもしれない。だとしても、ああまで徹底できる人は少ない。生きるか死ぬかの瀬戸際では、人はやすやすと罪を犯す。いつも同じ重さのはずの銃の引き金は、あっさりと軽くなってしまう。そんな地獄みたいな場面をテンジンは何度も見てきた。

――このひとは、いったい何者なのだろう？

二輛めのテクニカルは方向転換し、尻尾を巻いて逃げていった。

それを確かめて、狡噛はＳＵＶの車内へ戻った。

「ナイスショットだ、狡噛の旦那！」

眠り姫の次は旦那ときたか。どうやらツェリンも、多少は見直してくれたらしい。無邪気なほどの感嘆の叫びが、今は素直に嬉しい。

が、まだ騒ぎが終わったわけではない。

バスが蛇行している。

心得てツェリンはバスと併走し、運転席に声をかけて停車させた。

ひとまず全員を降ろし、負傷者の確認を行った。撃たれたのは運転手だけだった。

たちまちツェリンは乗客たちに囲まれ、しきりに礼を言われていた。乗客のなかには僧もいて、合掌して拝んでいた。

「いや俺はなんもしてねぇんだけどさ」

照れ笑いするツェリンの手を取った中年の婦人は、涙ながらに感謝している。

その間に狡噛は、運転手の腕を手早く処置した。大陸を放浪するうちに、救急医療のスキルが自然と身についた。日本にいた頃のような高度な医療ナノマシンの恩恵は受けられないが、本来、人間の肉体には強靭《きょうじん》な回復力がある。

「止血はしたから、あとは病院へ」

英語で話しかけると、運転手はサムアップで応えた。

とはいえ、この傷では運転は無理だろう。皆を運ぶ役が必要になる。ざっと周りを見回してみたが、他に運転ができそうな人間は見当たらない。それに、また同じように賊に襲われる危険性もある。まあ、仕方ないか。

「俺がバスを首都まで転がす」

ＳＵＶの運転席に戻ったツェリンに、狡噛は窓から告げた。あまり迷わず、思いついたことを口にした。大体の場合、直感は熟考に勝るものだ。

「いいのかい？」

「ツェリンは自分の仕事に戻れ。ガルシアによろしく」

「ハハッ。あんた本当に変わってるな。うちのボスが気に入るわけだぜ」

陽気に言いながらツェリンは発車した。

「それじゃな！　無茶して死ぬなよ！」

軽く二度クラクションを鳴らして、それが別れの挨拶らしい。去り際まで陽気な奴だった。

風の峠道を遠ざかっていくSUVを、しばし狡噛は笑顔で見送った。

そうしたやり取りを、食い入るように見ている少女がいることに、まだ狡噛は気づいていない。

第三章　弟子入り志願

狡噛が運転するバスは、街道を辿り、ほどなく無事に首都へ入った。

レジムチュゾム。

街の名は、この地の言語であるゾンカ語で「良き川の集うところ」の意だという。

その名の通り川の流れに穿《うが》たれた谷底の盆地に広がる街は、標高二三二〇メートル。富士山で言えば五合目ぐらいに相当する。

おそらく真夏でもさほど蒸さず過ごしやすかろうし、晩秋のこの時期でも昼間はそれほど寒くは感じない。

もっとも街の景観は、牧歌的な印象からはほど遠い。伝統的な様式の建築物に交じって、唐突に聳え立つ高層ビルが街の三方を取り囲み、いびつな威圧感を放っている。しかもビルのほとんどは建設途上で放棄され、竹で組んだ足場に囲われていたりするのだ。

いわば生まれ損なった都市の墓場。水子のゴーストタウン。

同様に、高架道路も完成前の段階で寸断されている箇所が多く、実際に開通し利用されている区間は限られていた。橋脚だけが健在で、どこにも繋《つな》がらないまま断絶し廃墟化している部分が首都の街道沿いにもいくつも見られた。

それでいて、街そのものには活気があった。行き交う人の姿は多く、子供も目立つ。民族衣装を着た姿も珍しくはなかった。古き善き街の姿がしぶとく残り、今なお瑞々しく息づいているのだ。

通りの真ん中にある四阿《あずまや》のような建物のなかには警官が立っていた。手信号所の名残らしい。今は電気が通っていて、小祠《やしろ》を思わせる甍《いらか》屋根の上にホロ標識が投影されている。

その眺めは、伝統と革新の狭間に生きる人々の姿を象徴するかのようだった。

狡噛が辿ってきた古い街道は、街へ入る頃には一応アスファルト舗装されてはいたものの、状態は万全とは言い難い。それでも負傷した運転手に案内されつつ道なりに走るうちに、前方にバスターミナルが見えてきた。生活の中心へ繋がる、生きた道だ。

乗客たちがどよめいた。安堵《あんど》の表情で吐息をつく人の姿も多かった。

ひとまず無事に送り届けることができた。狡噛の役目もここまでだ。

バスを降りた乗客たちは、それぞれの目的地へと散ってゆく。

屋根に積み上げた荷物を下ろし始めた者もいる。どこから来たかは知らないが、この地に根づいて暮らすつもりなのかもしれない。

手伝ってもよかったが、やめておいた。行く当てのない身であり、ましてや堅気でもない。まっとうに生きる人々と必要以上に関われば迷惑にもなりかねない。

それはそれとして、彼自身も身の振り方を決めねばならない。ぐずぐずしてはいられなかった。

立ち去ろうとした狡噛を、乗客のなかにいたひとりの老婦人が呼び止めた。

あいにく彼女は英語が得意ではないらしく、聞きかじって覚えたいくつかのインド系言語も通じなかったが、ゾンカ語には反応した。同盟王国の公用語のひとつだ。あいにく狡噛のほうがおぼつかなかったが、相手の言わんとしていることは伝わった。指輪を差し出してきたのだ。

台座はおそらく純金。円《まる》く磨き上げられたルビーを中心に、小粒のダイヤがちりばめられている。宝石には普遍の価値がある。どのような土地でも金に換えられる。皺《しわ》ばんだ掌《てのひら》の上で、どうぞ受け取ってくれとばかりに輝くその宝物を、狡噛はそっと両手で包んで押し戻した。

「よしてくれ……」

なるべく優しく言ったつもりだったが、老婦人は泣き出しそうな顔になった。

命を救ってくれた礼をしたい。彼女は無言でそう訴えている。

だが狡噛は、受け取るつもりはなかった。受け取っていいわけがない。

しかしそのニュアンスを伝えるには、ゾンカ語のスキルが足りない。つくづく言葉は難しい。

やむなく英語に切り替え、なるべく噛み砕いた表現を選んだ。

「見返りを期待してやったことじゃない。やりたいからやっただけだ」

そう告げて、軽く手を振って別れた。

その様子を、テンジンはバスターミナルの柱の陰に隠れて聞いていた。

やりたいからやっただけ――ＳＵＶの男はそう言った。初めのうちはたどたどしいゾンカ語で語りかけていたが、最後は英語だった。ごくシンプルな表現だったのは、相手に理解させるためだろう。だが、たとえ言葉が通じなくても、しぐさと表情で意志は伝わったことだろう。

やりたいから、やっただけ。

あの離れ業を？

命がけで？

しかも、見返りすら求めずに？

テンジンには驚くことばかりだったが、何よりも男の眼の優しさが印象的だった。

年配の女性は、立ち去った男の後ろ姿を拝んでいる。

テンジンは決めた。そして走った。

追いかける。名前も素性も知らない男の後を。

知っているのは、すごい人だということ。それだけで十分だった。

いや、もうひとつある。彼について知っていること。

それは彼女にも関わりのあることだった。

名の通り、この街《レジムチュゾム》ではふたつの川が合流し、ひとつになって流れ下っていく。

今、狡噛はその川縁に立っていた。

澄み切った水だ。水底の石がよく見える。この間まで旅していた辺りとは大違いだ。おそらく魚もいるだろう。食い詰めたら釣りでもして暮らせるだろうか。だが歓迎はされまい。チベット仏教の信仰が篤《あつ》い地域だ。殺生は禁じられている。

少し離れたところに壮麗な橋がある。

あそこを渡ればどこへ出るのか見当もつかない。

とりあえずその前に一服つけようと、胸ポケットからタバコを出した。

が、そういえば空っぽだった。

狡噛は空き箱を握り締め、溜息をついた。しくじった。次にタバコが手に入るのは、いつのことになるやら。

「すいません！」

ふいに背後から声をかけられて、狡噛は振り向く。

驚いたのは、その声があどけない少女のもので、しかも日本語だったことだ。

土手の上には並木が立ち並んでいる。その梢《こずえ》が落とす影のなかから、ひとりの少女が見下ろしていた。

カラフルないでたちはよく映えて、周りの暗がりから浮き立つようだ。鮮やかな紅の民族衣装《キラ》に同色の上着を重ねている。肩から斜めに提げた黄色い布バッグ。青い手織り《ラチュー》のスカーフを頭に巻いており、顔はほとんど隠れている。

見覚えがあった。バスに乗っていた子。さっきの老婦人の隣にいたはずだ。

運転中も時折、この子の視線を感じていたのだ。ただ、害意はないから無視していた。

「なんだい？　お嬢さん」

「わたしの……」

そう言いかけて少女は、両手でスカーフを取り、跳ねるように土手を下りてきた。日に焼けた肌に、大きく黒い眼が眩《まぶ》しい。あどけない顔立ちだが、背格好からして、まったく子供というわけではなさそうだった。

少女の、肩までの髪が揺れた。真剣そのものの眼は、まっすぐに狡噛を見つめている。

「わたしの、先生になってもらえませんか！」

その突拍子もない申し出に、さすがの狡噛も絶句するしかなかった。


とりあえずメシを食うことにした。賊は荒っぽく扱えば追い払えるが、空腹は脅しには屈しない。暴れ出しそうになったら優しくなだめてやる他はない。

少女にも振る舞うことにした。まだ名も知らない相手だが、まさか賊扱いするわけにもいかない。難民ならば特に。

レジムチュゾム市内は平穏だった。野良犬の姿が目立ったが、大抵は道端に腹をさらしてのうのうと昼寝中。危機感がまるでない。おそらくは街の住民たちに養われているのだろう。してみると野良ではなく街犬といったところか。

食堂はすぐに見つかった。ありがたいことに他国の紙幣での支払いも利くとのことで、ひと安心ではある。

雑貨屋の二階にある店内は五色の布で彩られ、ところどころに飾られた仏画の掛け軸《タンカ》や、民族舞踊《チャム》のための仮面《ボク》がアクセントとなっていた。花も溢《あふ》れていたが、いずれも造花だ。殺生を禁じる習慣からだろうか。

ほどなくテーブルいっぱいに料理の大皿が並んだ。唐辛子とチーズの煮込み《エマダツィ》が目を引く。赤と緑の二種の唐辛子《エマ》がざく切りの野菜として扱われ、とろりとしたチーズ《ダツィ》に包まれている。見た目はホワイトシチューのようだが、当然、とても辛い。

しかも辛いのはこの料理ばかりではない。唐辛子はこの辺りではごく普通の野菜であり、大根と干し豚の煮物《パクシャパー》にも、茄子とニガウリとチーズの煮込み《ドロムダツィ》にもたっぷりと使われている。狡噛も大陸を放浪し、様々な料理と香辛料を口にしてきたが、ここまで唐辛子祭りというのも珍しい。

殺生禁止を謳《うた》いながら肉が食卓に上るのは矛盾と言えばその通りだが、独自のルールと入手ルートがあるらしく、狡噛にはとやかく言うつもりもなかった。

今回取った料理の中では唯一、蕎麦サラダ《ブタ》だけが唐辛子とは無縁だ。十割粉の蕎麦《そば》を押し出し製麺したものに炒り玉子と青ネギを加え、たっぷりのバターで和《あ》えてある。

主食は赤米を炊いたもので、トーと呼ばれる。テーブルの真ん中にどんと据えられた鉢に山盛りだ。

これらの料理を銘々の皿に取り分けて食べる。煮物は米に絡めて食べるのもいい。

食べ進むうちに、唐辛子の実の微妙な甘みや風味が癖になってくる。チーズと一緒に食べるので、辛さもマイルドに感じられ、いっそう食が進む。

人心地ついたところで狡噛は、コップに注いだビールを飲み干した。辛さにひりつく口内に、薄味のビールが爽やかに沁《し》みる。

そして、テーブルの対面に座った少女に告げた。

「このメシを食ったら、もう二度と俺に近づくんじゃない」

「いやです！」

　皿にしがみつくようにしてもりもり食べていた少女は、鋭く反応し、ナチュラルな日本語できっぱり言った。頬張っていたはずの食べ物は、口のなかから綺麗さっぱり消えていた。どうやら素早く飲み下したらしい。議論になるのを予期していたのだろう。半ば戦闘中のつもりで、食事中にも即座に対処できるよう身構えていたに違いない。

「あなたはとても強い人。わたしの先生にぴったりです！」

「勝手に決めるな！」

　腕組みをして怒鳴りつけると、少女はわずかにうつむいた。

　間があった。

　窓際のテーブルには午後の陽が射していて、何ごとか考えに沈む少女の表情を照らし出している。整った顔立ちだ。頬の産毛がきらきら光っている。少女は、どことなく日本人を思わす顔つきをしている。不思議なもので、同じアジアにいても、ＳＥＡＵｎよりも遠方にあるヒマラヤ山脈を望む土地の人々のほうが、母国の人々に似た容姿をしていた。案外、日本人もルーツを辿っていけば、やがてはこの地へと行き着くのかもしれない。

　やがて少女は、淡々と言った。

「……私の家族は、目の前で武装ゲリラに殺されました」

　その口調の静けさに、狡噛は組んでいた腕をほどき、居ずまいを正した。

　かと思いきや、少女は再び忙しくスプーンを動かし始めた。口をもぐもぐさせながら言葉を継ぐ。食い意地が張っている、というより、戦のために腹ごしらえをしているような、猛然としたところがある。

「はたきふちのために……」

仇討《かたきう》ち、と言っているらしい。ぐいっと飲み下し、眼を輝かせて身を乗り出す。

「戦う方法を教えてください！」

勇ましいことだ。

が、そのあどけなさを微笑ましく見ていられる気分にはなれなかった。

「……戦う方法」

狡噛は、ぱくつく少女を見つめながら言った。

この子は、その意味がわかってるのか？

「それは人殺しの方法ってことだ」

傭兵として、戦い方を教えてくれと依頼されれば、それに応える。格闘術。ナイフコンバット。銃の撃ち方。罠《わな》の仕掛け方。いずれにせよ、人間を確実に殺すための技術だ。当然、その手は殺した相手の血で赤く染まる。

罪のない少女に、手を汚す方法を仕込んでくれと頼まれて、やすやすと肯《がえ》んじることはできない。

そう、それに何より――

「おまえに殺せるのか？」

狡噛は、仕事を依頼されたとき、まず相手の目を見る。目は口ほどに物を言う、という言葉は真実を的確に言い表している。ノン・バーバル・コミュニケーション。人間のメッセージ伝達は、身振り手振りなどの言語外の手段に多くを担われている。

この少女はどうだ？

まっすぐすぎるくらいまっすぐで、その大きな眸《ひとみ》は澄みきっている。真っ向から見据えると居心地が悪くなるくらいだ。迷いがない。かといって、頑なに強張《こわば》ってもいない。

「やります！」

そう言い切って、またひとくち頬張り、慌ただしく噛んで飲み込む。いくら食べても食べ足りない育ち盛りの勢いだ。おまけに言動まで前のめり。狡噛の屈託などお構いなしに、迷わず言ってのける。

「頑張ります！」

「頑張りますって……」

珍しいタイプだ。狡噛は、思わず面食らってしまう。こんな健やかな態度で――それこそスポーツの弟子入りみたいに――復讐《ふくしゅう》するための戦い方を教えてくれと頼み込んでくる奴と出会ったことがない。

自分のときはどうだった。同僚を殺され、復讐を誓って――

「あなた日本人ですよね？」

大きな赤唐辛子をふたつフォークに刺して、少女はいたずらっぽい眼をする。

「日本ではこういうとき、『義理人情に勇気あり』と言いますよね？」

得意げに言って、赤唐辛子を口へ押し込む。眼だけは動かさず、じいっと狡噛を見つめている。今の格言らしきもので言い負かしたつもりらしい。

「間違えてる」

「え？」

「『義を見てせざるは勇なきなり』だよ……」

少女はきょとんとした顔で黙り込んだ。

その表情を見て、不覚にも狡噛は頬をほころばせてしまった。

頭のなかに渦を巻いていた考えも消し飛んでしまった。ともあれ言わんとしていたことは伝わったわけで、少女の言葉もあながち間違いとは断じ難い。何より日本語の古い言い回しを知っていることに興味を引かれた。結果としては間違えていたにせよ、面白い子だ。いったいどこで聞きかじったのか。

ひょっとしたら、殺された家族というのは、日本人だったのか？

「まあ、どっちみち、私は親の敵《かたき》を捜して戦います。……そのとき、あなたが戦い方を教えてくれていたときと、そうでなかったとき……どっちが生き残る可能性が高いでしょうか」

再び旺盛な食欲を発揮しながら、少女は大真面目に尋ねてきた。

「おまえ……」

狡噛は、皿から残りの料理をはしたなくかき込み始めた少女を見ながら、妙に感心してしまった。

たとえ狡噛がどう対処しようが、彼女の復讐を止めることはできないのだ。

思うところはある。

あるが、しかし現実問題として考えるなら、狡噛にしてやれることはたったひとつしかないのも確かだ。

むろん彼女を捨て置いて立ち去ってもよい。

けれど、そんな薄情な真似は、もうできっこない。

それは狡噛の弱さであり甘さでもある。自分でもよくわかっている。それは服の継ぎ目のようなものだ。どれだけ丈夫にしたところで消すことはできないし、消す気もない。そして少女は、そんな彼の弱みを正確に見抜き、いわば自分自身を人質にして無茶な要求を突きつけてきているのだった。

我知らず狡噛は微笑んでいた。

「交渉が上手いな」

「じゃあ！」

「あくまで身を守るすべとして……という条件つきでだ」

料理をひとさじすくった。が、それを口に運ぶのをためらった。

話はまだ終わっていない。

言っておくべきことがある。

「俺は復讐なんて……」

思い出す。「標本事件」の現場を――

そして「名前のない怪物」の姿を――

あの男を、狡噛は追い続けた。

ふたつの渦が否応なく吸い寄せられるように、両者の軌跡は何度も交錯し、時には死闘を繰り広げた。

そして、最後には――

見渡す限りの黄金の麦畑――

カンバスのように真っ白な姿――

油絵の具のような赤い色が爆《は》ぜて――

「……命をかけるほどの価値はないと思っている」

そう口にして、逃げるように窓の外へ眼を転じ、遠くを見やった。

少女は、弾んだ声で応える。

「復讐の価値については……もっと強くなってから考えます。先生！」

「先生と呼ぶな」

指を突きつけて厳しく命じたが、少女は堪《こた》えたふうでもなく笑っている。叱られたとは思っていないらしい。

もっとも本気で先生扱いされても困るのは確かだ。

「俺のことは、普通に『狡噛《コウガミ》』と呼べ。……で、おまえの名前は？」

「テンジン！」

元気よく答えて、いたずらっ子の笑顔になった。

我ながら、妙な子供に懐かれたものだった。

食事を終えたテンジンは、先に立って階段を駆け下りる。

わくわくしていて、じっとしていられない。そこらじゅうを跳ね回りたいくらいだ。

後ろから先生がついてくる。

——コウガミ。

漢字ではどんな字を書くんだろう。聞かされたときは変な名前だと思った。でも口には出さなかった。日本の名前はよく知らない。知らないものを変だと感じたら、まず自分を疑ったほうがいい。

テンジンという名前も、聞き慣れない国の人は変だと感じるのだろうか。

でもコウガミは、そんなふうには思わないだろう。

「まずは宿を探さなきゃな」

コウガミが言った。

それでテンジンは勘違いされていることに気づいた。

彼女は難民で、行く当てもないまま首都へやってきた。コウガミからは、そんなふうに思われていたらしい。

まあ確かに、難民申請が必要な立場ではあるのだったが、何の当てもないまま首都までやってくるほど子供だと思われているのだろうか。

不思議と不快ではなかった。むしろ笑いが込み上げてくる。

コウガミは、やっぱり優しい。

彼にとってはほんの子供にしか見えない相手でも、きちんと言い分を聞き、まっとうに遇してくれるのだから。

階段が尽きたところが店の出口だ。最後の段をぴょんと跳ね下りてテンジンは、くるりと後ろを振り向く。

「泊まるところはあるよ」

「なに？」

明るい通りへ出たところで、ふたりは並び、互いの顔を見た。

「にひひ～」

テンジンは得意満面で笑った。

第四章　テンジン・ワンチュク

首都レジムチュゾムの東には緩やかな丘陵地が広がっている。遠目にはなだらかな稜線と見えるが、実際に登ってみるとかなりの傾斜で、体力に自信のある狡噛といえども負荷の重さを感じないわけにはいかない。

丘を埋め尽くすように作られた棚田は、刈り入れを終えて乾いた土を剥き出しにしている。それらの片隅には稲架《はさ》があって、刈り取られた稲藁《いなわら》が干してある。冬を迎える前にはまた脱穀と精米のひと仕事が待っているのだろうが、今は立ち働く人の姿もなく、穏やかな田園風景といったところだ。

聞こえてくるのは陽気なざわめきばかりだ。応援。快哉《かいさい》。時には悲鳴。それに倍する笑いと、囃《はや》し立てる声。

この近くで、何か勝負事でもやっているらしい。

遠くで列車の音がする。顧みれば、眼下に広がる首都の景色を横切って続く鉄路を、今まさに通過するところだ。おそらくはこの街の駅でしばし停車し、幾人《いくたり》かを降ろし、別の誰かを新たに車上の客としたのだろう。そしてまた物資を積み、あるいは下ろし、いずこかへと運んでいく。鉄道はこの国の大動脈だ。昼も夜もたゆまず働き続け、物資を流通させ、旅人を運ぶのだ。

狡噛もまた旅人のひとりだ。

今は、しばしこの街の客として迎え入れられようとしている。

案内してくれる少女は、狡噛の前を元気よく登ってゆく。

テンジン・ワンチュク。一四歳。その年頃にしては幼いと言っていい。物言いの率直さも、振る舞いの素朴さも、子供らしさを感じさせる。

彼女の傍らに並んで歩くのは、男物の民族衣装《ゴ》がよく似合う温厚そうな男。嬉しそうにテンジンの頭を撫《な》でて、ゾンカ語で話しかけた。

「それにしても、すっかり大きくなったなあ……テンジン」

その手からするりと逃れ、テンジンはからかうように言った。英語だった。

「キンレイ叔父さんは老《ふ》けましたね」

「うるさいな」腰に両手を当て、ムッとした声を出す。「こう見えてもまだ三六だぞ」

キンレイは年齢に比べて、どっしりとした落ち着きがある。三三歳の狡噛より一回りは上に見えたが、ほとんど同年代らしい。多分、年を食って見えるのは、それだけまっとうに色んなものを背負っているからだ。

会話は、流暢《りゅうちょう》な英語だ。この国の公用語のひとつであり、たいていの用はこれで足りる。

テンジンがゾンカ語に英語で応じたのは、子供扱いするなという意味だろうか。

いずれにせよ、仲の良いことだ。ほのぼのとした気分になった。出会う人間のせいもあるのだろうが、狡噛は、この街を好ましく思っていることに気づく。

テンジンは笑いながら先へ行く。

彼女の叔父キンレイはその場に立ち止まり、苦笑交じりに狡噛のほうを顧みた。そして、肩を並べて歩き始めた。英語で話しかけてきた。

「あんたがテンジンの先生になる、狡噛さんか」

「ああ」

「話は聞いてる。他の避難民が言ってたよ。武装ゲリラから助けてくれた日本人がいたってね」

キンレイは同盟王国軍の現役兵士だという。

こうして私服の古風な衣装を着ていると、とてもそんなふうには見えないが、おそらくは今日も任務に就いていたのだろう。難民たちから狡噛の噂話《うわさ》を聞かされたのも、勤務中のことだったに違いない。

だが姪《めい》のテンジンが、難民バスに乗り、彼を頼って首都にやってきた。

この国の流儀では、もちろん歓待せねばならない。

というわけで、午後は半休を取り、こうして出迎えてくれたというわけだった。

「あんた、傭兵にしちゃ珍しくまともみたいだな」

ということは、ガルシアの言っていた通り、まともではない傭兵がうろつくくらいには、チベット・ヒマラヤ同盟王国の情勢は焦臭《きな》さを増しているのだろう。野良犬が路上で昼寝するくらいに長閑《のどか》に見えたとしても。

「そりゃどうも」

少なくとも、自分はまともなほうに振り分けられたらしい。狡噛は素直に礼を言った。

言葉に裏表がない。テンジン同様、叔父のキンレイもまた率直そのものの態度で懐へ飛び込んでくる。そのことが心地よかった。だから狡噛も、構えずに答えられた。

「まともでありたい、とは常に思っているよ」

テンジンが柳の木陰で立ち止まり、何かを熱心に見ている。そこは空き地の入り口で、先ほどから聞こえていた歓声はここからのようだ。

覗き込むと、空き地で、ふた組の競技が同時進行で行われていた。

一方では大人たちが弓術《ダツエ》を競っている。

他方では、子供たちによるダーツ競技《クル》がたけなわだ。

いずれもふたつのチームが対抗で争う形式で、それぞれの陣地に的がある。

攻撃側は二本の矢、または投げ矢を持ち、敵陣の的を目がけて放つ。

この的が、実に遠い。

ダーツでおよそ四〇メートル。弓だと一〇〇メートル以上も離れている。

ピストル射撃のプロでも、簡単ではない距離だ。

しかも、的が小さい。特にダーツのは高さ三〇センチ、幅一〇センチぐらいだ。一〇〇メートルも離れると、体感的にはタバコの箱のロゴの文字を狙うようなものだ。

さすがの狡噛も一発で当てられる自信はない。

キンレイの説明によれば、子供が対戦する場合のダーツ《クル》の的は二〇メートル前後の距離に設定するのが一般的だという。ただ参加者の合意があれば距離を変えても問題はないらしい。今日のゲームには腕自慢が揃《そろ》っているのか、それとも大人ぶってみせたい年頃なのか。

的の周りには敵チームのメンバーや、自分の手番を終えた仲間が固まっていて、判定を行ったり、囃し立てたりしている。狙いが逸《そ》れたら危なかろうにと思うが、当人たちは誰も気にしていない。というか、いざとなったらひらりとかわせばいいとでも考えているのかもしれない。これもまた伝統的なスタイルではあるのだろう。なかには親切な者がいて、今まさに射ようとするチームメイトに、ここを狙えと手で指図したりする。表情は真剣そのものだ。

射手のほうも同じだ。慎重に狙いを定め、弓を引き――、放つ。

が、そう簡単には当たらない。

どの選手も感情豊かだ。的を外せば悔しがり、仲間は残念がる。

その分、当てれば大喜びで歌い踊るのだ。比喩ではない。本当に歌いながら踊るのだ。ほとんどお祭り騒ぎだ。

実際、弓術は古くからこの国で愛好され、節目節目の祭の華として演じられてきたのだそうだ。かつては同盟王国の前身となった小王国が、ナショナルチームを国際大会に送り出し、勇名を馳《は》せたものだという。もっとも成績は振るわなかったらしい。的が近すぎてやりにくかったとの伝説もあるそうだ。

狡噛とキンレイは、しばらく競技の様子を眺めていた。

テンジンは我慢できなくなったのか、ダーツ競技に飛び入りで加わり、投げ矢を射る順番を待っている。

「……実は、テンジンの父親は日本人でね」

キンレイが話し始めた。

狡噛は黙って聞いていた。そんなところだろうと思ってはいた。この土地の人間が日本人風の顔立ちをしているからといって、慣用句に通じるほど日本語に明るい理由にはならない。

「技術支援でこの国に来ていたとき、私の姉と知り合って結婚したんだ」

チベット・ヒマラヤ同盟王国と日本の関係は古く、親しく、しかし必ずしも良好とばかりは言えない複雑な経過を辿っている。かつてこの国は、動乱のなかで平和を保つため鎖国政策を選んだ。

が、日本からの技術援助だけは特例として受け入れ、近代化を推し進めた。日本から供与された豊富な資金と技術力により、首都レジムチュゾム周辺を中心に急ピッチで開発が進められた。その恩恵の最たるものが幹線交通体系の整備であり、なかんずく鉄道の敷設《ふせつ》だった。安価に大量の物資を運べる鉄道は、この国の健全な成長を担うのみならず、いまや文明国として在り続けるための生命線ともなっている。

だが蜜月は長くは続かなかった。日本は、後の〈シビュラシステム〉の海外輸出を見据え、そのサンプルケースとして複数の国家や地域の情勢調査を実施していたに過ぎなかった。必要なだけのデータを取得した途端、他国との交渉を一方的に打ち切った。チベット・ヒマラヤ同盟王国は、その候補地から外された、と言えるかもしれない。

当然、同盟王国への経済援助もまた同じ扱いを免れることはできなかった。この頃、同盟王国内には技術援助のため訪れた多数の日本人が滞在していたが、かれらの帰国も許されず、この地に取り残されるかたちになった。

かれらは、かつて日本政府が、〈シビュラシステム〉の正式運用以前に緊急的な鎖国政策への対処として、段階的に実行した自国民の移民政策――その実態は、日本が鎖国状態でも自給自足可能なレベルまで人口を削減する棄民《きみん》政策だった――で海外に放逐された日本人と境遇が似ていたことから、「日本棄民《にほんきみん》」と呼ばれ、一種の難民として扱われながらも、やがてこの国に根づいていくことになる。

たとえば、テンジンの父親のように。

が――

「姉夫婦とテンジンのきょうだいが殺されたのは、あの子が六歳のときだった……」

テンジンが綺麗なフォームで投げ矢を放った。

ダーツと言われて想像する矢は、一般的にはごく小さいものだろう。せいぜい筆記用具程度の、細くて軽い矢。

だがこの国では違う。まず矢が長い。三〇センチはある。その真ん中辺りに、ごろりと大きな木の持ち手がつけてある。握り拳より一回り小さいぐらいのその部分を持って、助走をつけ、押し出すように投げる。

矢羽根はプラスチック片を加工して作られ、しばしば撮影済みのレントゲンフィルムが使われるそうだ。

無骨な矢は風を切ってまっすぐに飛び、狙い違わず的の真ん中に突き刺さった。

子供たちが歓声を上げ、飛び跳ねながらゾンカ語で歌い出した。

テンジンを讃《たた》えているのだ。

「あの子の復讐の件だが……」

抑えた声で言いかけたキンレイに、狡噛は向き直って答えた。

「だいじょうぶだ」

言いたいことはわかっていた。元より狡噛とて、同じ思いでいるのだから。

再び真正面の空き地へ眼を戻せば、そこには無邪気な少女がいて、子供たちに交じってはしゃぎ回っている。

ゾンカ語で声を合わせ歌っている。

その罪のない姿を眺めながら、狡噛は言った。

「身を守る方法を教えるだけだ」

「そうか……」安堵の吐息とともにキンレイが言った。「ありがとう」

ふたりの元へ駆け戻ってきたテンジンは、得意げな笑顔だ。まるでミュージカル女優のカーテンコールのように大きく腕を振り、胸へ手を当ててポーズを取った。

「どう？ うまいもんでしょ」

率直で曇りのない言葉だった。そのまっすぐな心根のように。

第五章　仮の宿

古い小さな山門の向こうを、放牧されているヤクの群れが鳴きながら通り過ぎていく。カウベルの長閑な響きが、聴く者の胸のなかにもこだまして眠気を誘う。

山門を通って少し登ったところに、門よりもなお古そうな一軒家があった。屋根の上には鳩《はと》が群れている。

「あの家だ」

キンレイが言った。

「住民がいなくなって、今は同盟王国軍が管理してる。しばらく自由に使っていい」

「ありがとうございます《カディンチェーラ》！」

深々とお辞儀して礼を言ったかと思えば、次の瞬間には走って家のほうへ向かっていた。

彼女が目指す一軒家の、さらにその先には寺院らしき建物が見えた。

元気よく走る少女の後ろ姿を見守りながら、キンレイは着物の懐から何か取り出し、口へ放り込んで噛み始めた。ざりざりと砂を噛むような音がする。

口寂しくなっていたところだったので、狡噛はダメ元で尋ねてみることにした。

「ところで……この辺りで煙草が買える店、知らないか」

まったく情けない話だが、煙草を切らして約半日ほど、すでに辛抱たまらなくなっている。お気に入りの銘柄などと贅沢《ぜいたく》は言わない。とりあえず、何でもいいから煙草で一服したい。

「悪いな」

ああ、と察したように答えたキンレイの口のなかは、真っ赤に染まっている。

「同盟王国は昔から禁煙の国でね。代わりにこれでも噛むか」

案の定、差し出されたのはドマだった。蒟醤《きんま》の葉で固く包んだ、ひとくち大の塊だ。

不審がられていると思ったのか、キンレイはわざわざ葉を開き、中身を見せてくれた。

檳榔子《びんろうじ》――すなわちヤシ科の植物ビンロウの実を砕いた物《ナッツ》に、たっぷりとまぶしてある白い粉末は石灰だ。

これを葉と一緒に、噛みタバコのように嗜《たしな》む。

かなり硬い。しかもひどく渋い。おまけに石灰のアルカリ分で口のなかがだんだん痺《しび》れてくる。が、しばらく噛んでいるとタバコと同様、軽い興奮と酩酊《めいてい》感を覚え、さらには身体が温まってくる。

この国では古くからドマの名で親しまれてきたが、アジアでは広く知られた嗜好《しこう》品で、呼び名も言語ごとに様々。英語ではベテル・チューイングと総称する。婚礼の引き出物として欠かせない地域もあるそうだ。

当然キンレイも好意で勧めてくれているわけではあるのだが。

「ありがとう」

しぶしぶ受け取ったはいいが、どう始末しようかと困惑する狡噛なのだった。

味も好みではなかったが、何より口のなかが真っ赤に染まるのは勘弁してほしい。特に街中では困る。唾の捨て場がないのだ。

見ている間にもキンレイは、こともなげに道端へ真っ赤な唾を吐いた。未舗装の田舎道ならこれでもいいのだろうが、首都中心部での勤務中はどうするのだろうか。市場ではエチケット用のセットを添えて売っていたりもするのだが、まさか兵士が紙コップを手に歩哨《ほしょう》に立つわけにもゆくまい。とりあえず自分も吐くか。しかし、まだ嚙み始めたばかりだ。気に入らないと吐き捨てるのは、どうにも無礼な気もする。まいった。この口の中身をどこに捨てたらいい。

一方テンジンは、借り受けた一軒家へまっしぐらに走った。

田舎道は細く曲がりくねっている。車は一台がぎりぎり通れるくらいだ。が、門の辺りから石畳が始まっていて、道そのものは悪くない。

道沿いにはくたびれた旗《ダルシン》が並び、ところどころに里程標代わりの仏塔《チヨルテン》が建っている。丘のてっぺんにある寺院への道標として置かれているのだろう。

テンジンは、今日から狡噛と暮らすことになる家へ飛び込むと、まず窓を開け放った。

一階の面積の半分ほどを占める食堂の、小窓が六枚連なったかたちの窓は、この地域には珍しく両開きになっている。軋《きし》みながらも外へ向けていっぱいに開かれ、ひんやりと爽やかな空気を呼び込んだ。

窓を開けた途端、屋根の上に居座っていた鳩たちが驚いたのか一斉に飛び立った。

ここからは首都の全景が一望できた。バスから降りたとき、レジムチュゾムは、まさしく都会、という感じだったが、丘の上にある家の辺りは、これまで暮らしてきた田舎とそう変わらない。

テンジンは、しばし窓辺に佇《たたず》み、街の景色を眺めた。

家は街の東外れにある。朝日は山の上から射し、マニ車の音とともに下りてきて、彼女をそっと目覚めさせるだろう。

そうして日暮れには、この窓から夕陽が首都の向こうへ沈んでいくのが見えるだろう。

いい家だ。テンジンはすっかり気に入った。

庭は荒れ放題だったが、幸い建物に目立った傷みはない。前の持ち主が丁寧に使っていたのだろう。二階の露台の手すりには赤唐辛子がふた束ばかり干されたまま放置されていた。いつ頃からそのままになっているのか。テンジンにも詮索するつもりはなかった。

ともかく、まずは掃除だ。

キンレイ叔父さんは用があるとかで早々と帰ってしまったので、コウガミとふたりでの大掃除になる。テンジンにとっては、掃除など慣れっこだ。家族を失って以来、親戚の間を転々として暮らしてきたのだ。家事の手伝いは日常の一部と言ってよい。

この家は三階建てで、部屋数も十分だ。ふたり暮らしだと余るぐらいだ。

といっても三階は食料の乾燥に使う作業場で、壁もない吹きさらしの構造になっている。ひとまず手をつけなくてもいいだろう。

まずは生活の場から整えていかなければならない。

何はなくとも食事、睡眠、それに衛生だ。テンジンだって女子である。身綺麗にしておきたいのは当たり前のことだ。それに、コウガミとも一緒に暮らすわけだし。

テンジンは食堂とキッチンから取りかかることにした。

食堂には前の住人が残していった食器がたくさんあったので、改めて買い調える必要はない。椅子は四脚ある。キンレイ叔父さんがいつ訪ねてきても安心だ。

ただし、埃《ほこり》はひどい。一通り箒《ほうき》で払い落としてから水拭きすることにした。

壁に掛かったカレンダーは数年前の冬のままだったが、住民が立ち去ったのがその時期だったかどうかはわからない。古いカレンダーをポスター代わりに飾っておくのは珍しいことではないからだ。

せっせと働いていると、コウガミが大量の薪《たきぎ》を抱えて食堂へ入ってきた。ストーブに使うのだ。

ちなみにキッチンにはプロパンガスを使うコンロも置かれていたが、竈《かまど》も現役だ。火口《ひぐち》は多いほうがいいし、ごはんを炊くのに便利で味も良くなる。

「やっぱり、教師にするならキンレイのほうがよくないか？」

言いながら薪を食堂の隅に積み終えて、コウガミはテンジンへ向き直った。

「そのつもりでバスに乗ったんだろ？」

コウガミの言う通りだったが、今はもうそんなつもりはない。

元々キンレイ叔父さんには復讐を反対されていたし、今回だってきちんと許しを得てからやってきたわけではない。言い出したら聞かないテンジンの性格を承知している親戚たちは、気が済むまで好きにさせてやろうとでも考えているに違いなかった。仮に教えを乞うたとしても、本気で仕込んでくれるかどうかは疑問だった。

何より、叔父には彼女のために時間を費やす余裕があるとは思えなかった。

「同盟王国は今大変なの。キンレイ叔父さんも本当は事務職だったのに、無理やり前線に回されたんです」

「そりゃ気の毒に……」

この国は内戦状態にある。

ここ、首都レジムチュゾムでさえ、安全な場所とは言えないのだ。

そのことを理解しているのだろうコウガミは、それ以上は何も言わなかった。

だからテンジンも、その先は言わずにおいた。

わたしは運良くコウガミに会えた——そう伝えたら、どんな顔をするだろう。怒るだろうか。先生と呼ばせてくれないのは、照れているだけではなさそうな気がするけれど。

食堂の掃除を終えたら、次は寝室だ。

二階の三部屋をコウガミと分け合うことになったので、放置されていた布団を手分けして露台へ持ち出し、しばらく干した。すごい埃が立って、鼻がムズムズした。

テンジンは、食堂の真上にある居間で寝泊まりすることにした。西向きの部屋だが日当たりも眺めもいい。コウガミは裏手の仏間を選んだ。もう一部屋は寝室として使われていたらしく家具も揃っていたが、こちらのほうが落ちつくのだそうだ。

寝室に置いてあったベッドのひとつを、ふたりがかりでテンジンの部屋へ運び込む。部屋の真ん中には薪ストーブが据えてあり、煙突の関係で動かせないから、ぶつけないようにするのがひと苦労だった。

部屋には大きな本棚があったが、残されていた本はわずかな量で、特に興味を引かれるものはなかった。テンジンは、抱えてきたバッグのなかから取り出した数冊の本を、手に取りやすい位置に並べた。教科書とノート、それに読み古された文庫本。表紙のカバーはなく、裸の表紙は陽に灼《や》け、手汗を吸ってよれている。

これでよし。ひとまず片づいた。

そう思ったときにはすでに夕暮れ時になっていた。

コウガミのほうはどうなっているか、ちょっと見てこよう。

テンジンはいたずらっぽい笑みを浮かべ、たった今本棚に並べたばかりの文庫本を手に取った。そして足音を忍ばせて廊下へ出た。

その頃、狡噛は夕闇迫る部屋のなかで息を潜めていた。

天井の裸電球はまだ点す必要はない。入り口の引き戸は開け放してあったので、夕陽が差し込んでいる。

薄暗い部屋のなかには、いくつもの仏の姿が浮かび上がっている。

入り口の正面に仏像を収めた仏壇があり、その前には礼拝台が設えられていた。以前は僧が定期的に招かれ、ここで先祖供養のための読経を行っていたのだろう。さらには左右の壁を埋め尽くすように仏画《タンカ》が掛けてあり、さながら曼荼羅《マンダラ》のなかに迷い込んだようである。

薄暗がりのなか、無数の仏たちに見守られながら狡噛は、リュックから取り出した荷物を黙々と部屋の棚へ移し替えていたが、ふいに、その手が止まった。

リュックの底から出てきた油紙の包みだった。

その扱いを決めあぐねている。

覚悟を決め、包みを開く。

鈍い銀色に輝く銃。Ruger SP101。ドローン兵器が跋扈《ばっこ》し、ドミネーターが殺傷電磁波で標的を吹き飛ばす現代にあって、骨董品《こっとう》としか言いようのない、古式ゆかしい回転式拳銃《リボルバー》。

かつて、とっつぁん——時に部下であり、同僚であった先輩の刑事——征陸《まさおか》から託された品。そして狡噛の人生を決定的に変えた一挺《ちょう》の拳銃。国外逃亡を果たして以来、もっとも長く連れ添った武器といっていい。手入れは行き届いており、いつでも完璧に役割を果たす用意が整えられている。幸い、最近はその機会は訪れていないが。

「それは、拳銃？」

いつの間にかテンジンが廊下から部屋を覗き込んでいた。

「……ああ」

そう、これは銃だ。リボルバー。殺人のための道具。洗練された撃発機構が宿す工芸的魅力を認めないわけにはいかないが、むろん美術鑑賞のために作られたわけではない。銃を慰撫《いぶ》するように愛《め》でるようになったら、そいつは狂い始めていると思ったほうがいい。

「いろいろと訳《わけ》ありの銃でな」

狡噛はそそくさと立って、棚に置かれた木箱のなかへ銃を収めた。子供の目に触れさせたくはない。跳ね上げ式の重い蓋を閉める。鍵はかからないが、やむを得まい。

「……ねえ」

「ん？」

見るとテンジンは、うつむいて何か考えているらしい。自分から呼びかけておきながら、しばし切り出しにくそうに黙っていたが、やがて顔を上げた。まっすぐな眼。

「……人を撃つって、どんな気持ち？」

重い問いかけだった。

狡噛はしばし考え込み、ゆっくりと言葉を吟味した。嘘《うそ》はつきたくなかった。

「……人による」

結局は個々の経験である以上、普遍的な答えなど存在するはずもない。

「だが一度撃てば」

彼に語れるのは、自分の経験だけだ。

凶悪な犯罪者を追った。ずっと殺したくて、殺したくてたまらなかった。澱《おり》のように増していく憎しみは、恋煩いのように胸を焦がす苦痛になった。だが、そいつを殺しても結局、焦げつく痛みは消えなかった。別の何かもっと質《たち》の悪いものになって胸の奥に突き刺さり、抜けなくなってしまった。

「――もう二度と人を殺す前の自分には戻れない」

テンジンが息を呑《の》んだ。

「背負った罪は時間が経てば経つほど重くなる。最初は平気でもな」

「……わたしには、よくわからない」

うつむいたテンジンの瞳が揺れている。夕陽を背負った少女の表情は半ば闇に隠され、けれど表情豊かな眼に宿るきらめきだけは、迫りくる夜に抗してそこに在った。

「ところで、何か用か」

テンジンは顔を上げ、意を決したように部屋へ入ってきた。

「この本、なんだけど」

両手で差し出したのは紙の本だった。日本語の、古い文庫本。

「……『恩讐《おんしゅう》の彼方に』」

受け取った手にしっくりと馴染《なじ》むのは、幾度となく読み返されたことを窺わせる古び具合のおかげだろう。

篇を収めた短篇集である。二〇〇ページほどだから薄い部類だが、収録作を見れば味読《みどく》にふさわしい傑作が並んでいた。

「父の……遺品のひとつで」

家族は武装ゲリラに目の前で殺された。テンジンはそう言った。けれど、それが六歳のときだったとは言わなかった。いや、言えなかったのかもしれない。幼い彼女の心にどれほど深い傷を残したことか、狡噛には想像もつかない。

ましてや目の前のいたいけな少女が、いつ復讐を思い立ったのかということも。

そんな彼女が、父から受け継いだ本がこれだったとは。

「たまたまこれだけ持ってたの。でも日本語がうまく読めなくて」

「もちろん教えてやる」

「ありがとう！」

テンジンは笑顔になった。

狡噛も釣られて頬を歪《ゆが》める。復讐をして流れに流れた遥か遠い地で、よりによって、菊池寛《きくちかん》の『恩讐の彼方に』と出くわすなんて、偶然にしては運命的すぎる。

——その夜、狡噛は湯船の中で深い溜息をついた。

石焼き風呂《ドッオ》の小屋は家畜小屋の隣にあって、母屋《おもや》からは少し離れている。焚《た》き火で熱した石を放り込んで温めた湯は、温泉めいて感じられ、疲れた身体がほぐれた。目隠しの篠竹編みを掛けた格子窓の隙間から忍び込んでくる秋風も心地よい。

だが狡噛の胸の内は穏やかではなかった。

今日一日のことが頭を離れない。特に夕方の、テンジンからの問いかけに答えた言葉が。

「まったく……」

湯を顔にかけ、宙を仰ぐ。

「俺は……」

一度撃てば、もう二度と人を殺す前の自分には戻れない――

「子供に何を言ってんだか……」

その「子供」は、さすがに疲れたのか早々と寝室のベッドで眠っていた。

と、安らかだった表情に陰りが差した。

眉が曇り、ぴりぴりと震えた……。

――村が燃えている。

巻き起こる熱風に煽《あお》られた旗《ダルシン》がうねり、撓《しな》っている。旗が翻るたびに功徳が積まれるというが、本当だろうか。

幼いテンジンには、そんなこととても信じられない。

彼女は水田のなかで伏せている。隣には幼馴染みの少年がいたが、さっきからぐったりと眼を閉じていた。

辺りは真っ赤に染まっている。赤い。炎。赤い。火の粉。赤い。そして流血。

泥と血のぬめりのなかでテンジンは息を殺し、眼を凝らしている。頸筋《くびすじ》に負った傷から、手で押さえても下から今も熱いものが溢れ続けている。血。それは田へと流れ、水を濁らせ、隣に倒れた少年の銃創からどくどくと噴くものと混じり合う。血。村は鮮血を浴びせられたように赤く燃えている。

テンジンは、村の広場を見ている。

そこに村人たちが集められている。

かれらは武装ゲリラに包囲され、銃を突きつけられていた。

男たちが一列に並ばされていた。

かれらの後ろには女が、子供が、老人が、病人が、そして赤ん坊までもが、ひと塊になって身を寄せ合っていた。

男たちの前に、ゲリラのリーダー格らしい男が立つ。覆面で顔はわからない。小銃を構えて何ごとか唱え始めた。

ど《アム》、れ《ストラム》、に《グラム》、し《ピケ》、よ《ピケ》、う、か、な《コーレグラム》……

リズミカルに唱えながら、列を成した男たちの前を順繰りに移動し、銃の狙いを次々と移してゆく。

まるで魔物を呼び出す呪文だ。あるいは邪悪な呪術師の呪い唄。

か、み、《ブーレ》さ、ま、の、い、《ブーレ》う、と、お、《ラタタム》り……

父から習い覚えた日本語の唱え言葉のリズムが、これほど禍々しい気配を帯びているのは、言葉が違うせいではない。それを唱えている、悪霊のような男のせいだ。

ど《アム》、れ《ストラム》、に《グラム》……

動き続けていた銃口が、止まる。

決めた《ピック》！

その先に立っていたのは——

……父さん。

耐えきれず洩らした囁き声は、届きはしない。誰にも。もしも届いていたら、テンジンは殺されていて、この地獄のような光景を二度と見ることもなかった。そう、悪霊の唄が、いつも悪夢を連れてやってくる。

父が顔を上げ、ゲリラを睨み返す。

ゲリラが不満げに黙り込む。怯え泣き叫ぶことを期待していたのかもしれない。

だが父は毅然《きぜん》としていた。眼鏡の奥のまなざしは折れてはいなかった。

後ろには母がいた。特徴のある竹の帽子ですぐにわかった。姉もいて、母と抱き合って震えていて、けれど弟は見当たらない。まだ幼い弟。

ゲリラが叫んだ。

全員だ！

一斉に銃撃が始まった。

マズルフラッシュに照り返されたリーダー格のゲリラの顔が浮かび上がる。覆面から覗く目元にひどい傷跡。その傷よりもなお惨《むご》たらしいのは、虐殺の快楽に酔い痴《し》れて嘲笑《あざわら》う目つき。

テンジンは、眼をそむけることさえできない。

父の眼鏡が、母の帽子が、ずたずたに引き裂かれて散ってゆく。

見ている。何もかも。何もできずに。

やがて積み上げられた死体の山の一番上には、変わり果てた父がいる。

見開かれたその眼が、テンジンのほうを向いていて——

「……ッ」

目覚めてからも、暗い部屋のベッドでしばらく固まっていた。

荒い呼吸がなかなか静まらない。

いつもの夢だ。あの日からずっと繰り返し繰り返し見る夢。

二度と逃れられないかもしれない。

テンジンは、ゆっくりと起き上がった。喉がひどく渇いていた。

風呂から上がった狡噛が食堂へ戻ってくると、ランプの明かりのなかにパジャマ姿のテンジンがいた。水を飲んでいる。その横顔が強張っているように見えた。

「……眠れないのか」

テンジンはコップを卓上に置き、狡噛のほうを見ないまま答えた。

「嫌な夢を見て……」

「嫌な夢?」

うつむいたままテンジンは背を向け、窓辺へと歩き出した。

「狡噛は、少しだけ、私の父に似てる……」

「……そうなのか?」

窓ガラスに映り込んだテンジンの表情は、狡噛からはよく見えない。

「父はよく言ってた。見返りを期待して行動してはいけないって」

眼を伏せるのがわかった。が、囁くように語る少女の声に揺らぎはない。

「……たとえ自分の損になっても、やりたいことをして、後悔のないように……」

少女が顔を上げた。窓に映る眼のきらめき。

まっすぐなまなざしをしているのだろう。強い意志が光芒《こうぼう》となって照射されるような。それは出会ったときから狡噛にも深々と刺さり揺るがして、この場所へ連れてきた。

復讐へと続く、仮の宿に。

「……いい、お父さんだったんだな」

「うん……」

答えたテンジンがどんな表情を浮かべていたかはわからない。

狡噛が眼を逸らしたからだ。見てはいられなかったのだ。

この子に教えてやらなければならない、そう思った。

自らが戦うためのすべを。

第六章　嵐の前

翌朝から特訓が始まった。

望んだこととはいえ、テンジンにとっては厳しい毎日となった。

早朝、雲海に沈む首都を眼下に見ながら走るところから日課が始まる。

コウガミは速い。ペースにも乱れがない。いつも一定のリズムで先をゆく彼の背中に、ついていくのがやっとだ。細く険しい坂道と空気の薄さが、成長途上にあるテンジンの身体に容赦なく負荷をかけてくる。いつの間にかうつむきがちになり、呼吸が荒くなってくる。

それでも、時折気遣わしげに顧みるコウガミには、必ず微笑みを返すのを忘れなかった。

無理をしていると思われたくなかった。このくらいはへっちゃらだ。まだまだ余裕がある。そんなふうに振舞っていないと、コウガミはきっと手を緩め、いたわってくれるだろう。そんな屈辱には耐えられなかった。

強くなりたかった。

優しくしてくれるのは悪い気はしなかったけれど、でも、それは甘えだ。

復讐には不必要だ。

コウガミは、テンジンの意志を尊重してくれた。

ランニングの後は、一軒家の前庭で格闘術の手ほどきを受ける。

コウガミは強い。わかってはいたことだが、想像以上だった。

両手で腕を押さえたと思ったら、次の瞬間には逆に頸を極められ、締め上げられている。相手のパンチを払いのけ、カウンターで懐へ飛び込めば、倒すどころか軽々と抱え上げられてしまう。

体格の問題ではない。間合いとタイミングだ。そう言ってコウガミは、何度も手本を見せてくれた。そしてテンジンにもとことん試させた。飽くことなく、侮りも嘲笑いもせずに相手をしてくれるので、テンジンも思いきってぶつかっていけた。

ひとしきり汗を流した後は、家の裏手へ回り、古寺に場所を移す。

読書の時間だ。寺は随分前に無住になっていたようで、盗難の跡が至るところに残され、荒れ果てている。にもかかわらず今なお信仰の対象として生きていた。

寺の庭に建つお堂には、近所に住む人がたびたびやってきて、五つ並んだマニ車を順に回していく。

言うまでもなくマニ車とは、チベット仏教に根ざすこの国の伝統的な礼拝道具だ。別名を転経器《てんきようき》とも呼び、ゾンカ語では「マニコロ」と発音する。極彩色に彩られた円筒形をしていて、この寺に備えつけられている物はひとつひとつがコウガミの背丈よりもかなり大きい。表面に描かれている文様は真言《マントラ》だ。内側は空洞で、経文が収められている。ダルシンやルンタといった祈禱旗《タルチヨー》と同様、ありがたい経文のパワーが込められているとされ、一回転するごとに経を通しで読んだのと同じ功徳があると言われている。

からーん、からーん……マニ車が回る音が涼やかに響く。

「……『それは彼らが、江戸を出てから三年目になる、春の頃であった』」

お堂の隅に腰かけたテンジンは、ありがたいその音色を聞きながら、父の形見の本をたどたどしく音読する。

「『参、勤、交代』の……」

その間、コウガミは自身のトレーニングを黙々と続けながら聞いていてくれる。

「『北国《きたぐに》大名の行列が二つばかり、続いて通った、ため、木曾《きそ》街道の宿々《しゆくじゆく》は、近頃になく、賑わった』……」

ちゃんと読めているかどうか自信がない。漢字にはいくつも読みがあるし、組み合わせ次第で、その種類はもっと複雑になる。「しゅくじゅく」か「やどやど」か。「きたぐに」でいいのか「ほっこく」なのか。

だがコウガミはいちいち教えてはくれない。疑問があっても、あらためて尋ねない限り答えてはくれない。まず自分で読んで考えてみろと言われているから、テンジンはその通りにしている。

コウガミは今、腕立て伏せをワンセット終えて、次のメニューは懸垂運動だ。マニ車を支えるお堂の梁《はり》に手をかけて懸垂をするのは、ちょっと罰当たりな気がする。

マニ車は、これだけの大きさがあると重量もかなりのものだろうが、周りに取りつけられた手すりを片手で押しやれば、驚くほど軽く回る。しかもなかなか止まらない。鐘の音とともに回り続け、惜しみなく功徳を積ませてくれる。

から――ん、から――ん……軽やかな音色に包まれてテンジンは考える。

参勤交代なるものが続けて通ったから、街道筋の街はお祭りのようになった。おおよそそんなことが書かれているのはわかる。

わからないのは、いったいどんなものが通ったかということだ。

「参勤交代って？」

尋ねると、コウガミは懸垂の動きを止めず、息を吐きつつ答えてくれる。

「……自分の生まれ故郷と……首都を往復する……サムライ、パレードのことだ……」

「へえ……」

サムライ・パレード！　それはいったいどんなものだろう。

この国のお祭りと言えば、真っ先に思い浮かぶのは十日祭《ツエチュ》だ。以前はあちこちの街で、年に一度開かれたものらしい。華やかな仮面舞踏《チャム》やユーモラスな道化劇《アチャラ》が繰り広げられたという。

残念ながらテンジンは、まだ実際に見たことはない。もう長い間続いている内戦のせいで、この国はすっかり余裕を失ってしまった。

ニッポンのサムライ・パレード！　それはきっと盛大できらびやかなものなのだろう。

「確かに賑やかそう」

懸垂ワンセットを終えたコウガミが、床へ下り立ち、スクワットの姿勢から伸びをした。

テンジンも両手を組んで高く掲げ、胸を反らす。

「ん――！　やっぱり、日本語の本は難しいね……！」

「いや、テンジンは物覚えがいい」

タオルで汗を拭きながらコウガミは、テンジンに向き直って言った。

「『恩讐の彼方に』は短編だから、この調子だとあと一〇日もすれば、読み終えるんじゃないか」

誉められたらしい。励ましてくれているのかもしれない。テンジンは、それらの言葉をいささか複雑な思いで受け止めた。コウガミの表情はごく普通で、何か別の意図を隠しているような気配はない。たとえば皮肉とか。

だとすると、ますますわからなくなってくる。

「この物語……」

コウガミは、読んだはずだ。

読んで、どう思ったんだろう。

「主人公の市九郎《いちくろう》は、自分の主人を殺して逃げてるんですね。しかも盗賊になって、たくさんの人を殺して……」

「まあ、ろくでなしだな」

あっさり言って、テンジンの前に立った。影が射したのでそれと知れた。うつむいて眼をそむけていた彼女には、足元しか見えていなかったけれど。

思い切って顔を上げると、コウガミは少し心配そうにしていた。が、テンジンの視線を避けるように背を向けた。

「市九郎はこの後どうなるの？」

「それは、自分で読むんだな」

コウガミは時々ちょっと意地悪だ。気になって仕方ないのに。

ろくでなしの主人公は、ちゃんと罰を受けるのか？

最後まで読むだけの値打ちが、この物語には本当にあるのだろうか？

もやもやした気分のまま、その日の朝のトレーニングを終えた。

コウガミとともに、家へと続く道を下ってゆく。

と、行く手に見慣れない車が停まっていた。多分ジープというやつ。だが新しい型のようで、テンジンには正確な呼称がわからない。

その車にもたれて立つ女性がいた。

まだ若い。整った顔立ちだが、目元はサングラスで隠されていて表情が窺い知れない。ミルク色の肌。きらめく豊かなブロンド。耳元に揺れる金のピアスには紅い宝石が輝く。黒いレザーコートは膝までの丈があり、その下に覗くタイトなパンツも光沢のある黒革だ。

「なんだい、あんた」

コウガミが英語で声を投げた。ぶっきらぼうな調子だが敵意はない。

「この家に用か？」

女はおもむろにサングラスを外した。現れたのはエメラルドの眸。灰色《アッシュ》が混じって霞がかかったように見える。ますます、その美貌が輝きを増していた。

何て綺麗なんだろう。胸が高鳴ってしまう。女神さまがお忍びで人間の世界に降りてきたみたい。

テンジンは、思わず見とれてしまう。

「はじめまして、――狡噛慎也」

そのひとはよどみのない日本語で名乗った。堂々とした態度だった。

コウガミが、わずかに顎を引く。苦笑交じりに問い返す。やはり日本語で。テンジンは、自分が蚊帳《かや》の外に置かれている気分になる。

「追っ手か？」

テンジンはぎくりとした。コウガミよりも半歩下がった位置で足を止め、成りゆきを見守る。

「俺を殺すのか？　逮捕か？」

女はサングラスをシャツの襟首に引っかけた。それは豊かな乳房の間に収まって安定した。挑発的な態度に見えた。だがテンジンが知らないだけで、都会の女のたしなみなのかもしれない。とても真似できそうな気はしないが。

「日本国外務省、行動課特別補佐、花城《はなしろ》フレデリカ」

言いながら女はホロ手帳を提示した。そこには名乗った通りの内容が記されていた。テンジンにはすらすらと読み下すことはできなかったが、小説の文章よりはずっと簡単だ。どうやら「外務省海外調整局行動課」というのが、正式な所属部署らしい。どんな仕事をしているのかは見当もつかない。

フレデリカはホロを消すと、両手を腰に当て、胸を反らすようにしてコウガミへ歩み寄った。

「ここには日本棄民の調査で来たの」

その言葉に、テンジンは緊張した。

コウガミが、面白がっているような口調で呟く。

「外務省の花城さん……ね」

「あの逃亡執行官、狡噛慎也がいると聞いて、ついでに有名人の顔を見ておこうと思ってね」

笑みを浮かべながらフレデリカはどんどんコウガミとの距離を詰め、ついには耳元へ囁きかけるようにして言った。

「処分や逮捕は、私の仕事じゃない」

コウガミは動かない。表情も摑めない。テンジンから見えるのは、彼の背中だけ。

と、フレデリカがテンジンを見て、ハッとしたように進み出た。

「もしかしてあなた、日本棄民？」

置いてけぼりにされたはずの会話に、いきなり引きずり込まれた。

どうしよう。でも、多分、このひとはわかってて訊《き》いている。

「……はい、そうです」

当たり前のように使っていたはずの日本語が、なぜかテンジンの喉に魚の骨のように引っかかる。言葉を口にするたび、鈍い痛みを寄越す。

食堂へ場所を移してフレデリカの話を聞くことにした。

テンジンは壁の仏画《タンカ》を背にして腰かけた。

フレデリカが窓際の席に着いたので、自然に彼女の対面を選ぶ格好になった。

よく晴れた外の景色がまぶしく、フレデリカの表情は読み難い。

コウガミが水のコップを持ってきて、客の前に置く。

「日本棄民の調査とは？」

率直に問いかけてコウガミは、自分は席に着かず壁際へ移動する。

その姿を眼で追いながら、フレデリカが話し始めた。

「かつて同盟王国には、日本政府が技術者を派遣していた時期があるの」

コウガミは壁にもたれ、立ったまま話を聞くつもりらしい。

テンジンの位置からは、振り向かなければコウガミの表情がわからない。

不安はなかった。コウガミは、テンジンと同じ側にいる。きっと味方でいてくれる。

「だけど」フレデリカは続けた。「〈シビュラシステムが〉本格稼働後、支援事業は唐突に終了。そして、そのとき人材援助として来ていた日本人は、帰国を許されなかった……」

テンジンにとっては既知の事実ばかりだった。

が、そうした当たり前の常識のなかから、コウガミは何か別の意味を察したらしい。

「まさか……」

「そう。人材援助のメンバーは、〈シビュラシステム〉が選んでいた」

淡々と言ってフレデリカは、コウガミをじっと見つめる。

テンジンも狡噛へ眼を向けた。

彼はうつむいて考え込んでいた。いや、すでに答えは出ていたに違いない。認めがたいだけで。

「……つまり」

テンジンの視線を感じたのだろう。狡噛は、乾いた口調で、確かめるように言葉にした。

「シビュラ不適合者の国外追放だったわけか……」

追放？

知らない語彙《ごい》ではなかった。が、その意味が染み通るまでには時間がかかった。

日本棄民、と人は呼ぶ。

テンジンは棄民二世、すなわち第一世代の子に当たる。立場としては難民扱いで、同盟王国での暮らしには様々な細かい制約が課せられる。もっとも彼女自身は、これまで不都合を実感してはこなかった。母方の親戚の庇護《ひご》下にあるうちは、旧来の世間の内側にいることもできた。

むしろテンジン自身の強い復讐の意志が悶着《もんちゃく》を引き起こすことがほとんどで、だから彼女は確かに問題児ではあったのだろう。

棄民とは「捨てられた民」という意味だと教わったのは、他ならぬ亡き父からだった。

捨てる。国が、人を。守るべき「民」を。

故郷喪失者。その意味を、これまでテンジンは彼女なりに考え、受け止め、やり過ごしてきた。

内乱の続く不安定な情勢下で生き延びてきた彼女にとって、幸か不幸か、国とはさほど信用に値しない約束ごとのひとつに過ぎないのだという意識は常にあった。だからこそ、その権力が身辺に及ぼす影響力を侮っている部分もどこかにあったのは否定できない。

国は、ひとりひとりの国民に対して、それほど構ってはくれない。困ったときの恩恵も乏しいが、その代わり世間様のようにうるさいことも言ってはこない。気楽にやっていても大目に見てくれる。その程度の存在だと思っていた。

だから自分の境遇も、誰かのせいだとは考えなかった。

日本棄民とは、結局のところ逃げ遅れた者たちだったのだ。動乱の渦中に起きた不幸な事故。

そう思っていたのに――

「父は、祖国に捨てられた……」

卓上には水のコップが置かれている。狡噛が用意してくれたものだ。その水面へ目を落とし、我知らず言葉をこぼした。「追放」という語彙の重みを吐き出さずにはいられなかった。

〈シビュラシステム〉――日本の平和維持に多大な貢献をしているとされる基幹技術。それは究極の監視システムだ。罪を犯す虞《おそれ》のある者をあらかじめ特定し、必要な措置を講ずることによって公共の福祉を守るものだと伝え聞く。その指標となるのは「精神色相《サイコパス》」と呼ばれる精神状態の判定法なのだそうだ。

父は、日本にいた時期に色相判定を受けたのだろうか？

人材援助でこの国へ送り出される際、人選の判定材料として、色相データも用いられたのか？

だとしたら、断じて「取り残された」のではない。「追い出された」のだ。

日本棄民は、この国へやってきたときからすでに追放者だったのだ。

「で、あんたの仕事は？」

狡噛がフレデリカに尋ねた。

フレデリカはひとくちの水で喉を湿《しめ》し、落ち着き払って答える。

「日本棄民の生き残りのなかに、色相が良好な人間もいるかもしれない。その統計サンプルを取りに来たのよ」

投げかけられたフレデリカの視線を、テンジンは真っ向から受け止めて問い返す。

「もし色相が良好だったら……？」

「まだ決定ではないけれど」

両手で持っていたコップを卓上へ戻し、フレデリカはうつむいて言った。

「引き上げ作業が始まるかもしれない」

「——結構です」

強い口調で即答したテンジンに、フレデリカばかりか狡噛も、少し驚いたようだった。

「私は、日本に行くつもりはありません」

フレデリカを見つめ、テンジンは告げる。

祖国は、確かに父を、そして多くの人々を捨てた。

けれど父は、幼いテンジンにこうも言った。

私は、この国で生きることを選んだ。私自身の意志で、やりたいように生きる。そう決めたのだ——と。

「家族が愛したのは、この国だから」

いつの間にかテンジンは微笑んでいた。

フレデリカは、そんな彼女を無言で見つめている。何を考えているのかは窺い知れない。

コウガミも黙っていた。が、何か考え込んでいるらしいのはわかった。

どう思われようが構うものか。

テンジンは決めた。あとは貫くだけだ。この意志は、誰にも妨げられはしない。

そのときだった。窓を貫く爆音が聞こえた。こちらに近づいてくる。

単車だ。誰か来る。テンジンは耳を澄ませた。胸騒ぎがした。彼女が知る限り、急いで来る客が良い知らせを携えていることは滅多にない。

窓の外を見やると、軍用バイクが躍り上がるようにしてこっちへ来る。

乗っているのは、叔父のキンレイだ。


「――コウガミいるかっ！　……んんっ？」

ほどなく飛び込んできた叔父さんは、ドアのところで一瞬固まり、フレデリカに指を突きつけて叫んだ。

「誰だっ、この美人は……!?」

「あら嬉しい」

まんざらでもなさそうに笑うフレデリカを、叔父さんは魅入られたように凝視している。

「日本の役人だそうだ。気にするな」

コウガミが声をかけると、キンレイ叔父さんはようやく我に返ったらしく、厳しい表情になった。

「それで、どうした？」

「まずいんだ！　補給部隊が南のレドゥン駅で襲われてる！」

テンジンは驚いて腰を浮かせた。

レドゥン駅は首都レジムチュゾムから南へ数キロの地点にある。名はゾンカ語で「希望」の意。その名の通り、この国の物流を支える大動脈として、日本の援助で築かれた駅のひとつだ。

コウガミは、キンレイ叔父さんから視線を逸らした。

「……俺にどうしろと？」

「頼む！　手を貸してくれ」

キンレイ叔父さんは、コウガミの両肩に手をかけ、すがりつくようにして言った。

「補給部隊がやられたら、このレジムチュゾムでも餓死者が出る！」

黙って聞いていたコウガミは、険しく眉根を寄せていったん眼を閉じた。

そして、キンレイ叔父さんの眼を覗き込んだ。

「殺しはなしだ。それなら引き受ける」

気圧されるように後ずさったキンレイ叔父さんが、かすれた声で答えた。

「それでいい」

すかさずフレデリカが立ち上がり、窓の外を親指で差した。

「行くなら同盟王国軍のおんぼろより、私の４ＷＤのほうが速い」

手伝ってくれるつもりらしい。

コウガミとキンレイ叔父さんは、顔を見合わせ、頷き交わした。コウガミがフレデリカに言った。

「わかった。運転を頼む」

「わたしも！」

テンジンは立ち上がった。じっとしてはいられなかった。

なのに——

「馬鹿野郎！」

突如、コウガミが激昂した。これほど感情を露《あら》わにするさまを、テンジンは初めて見た。

賊の襲撃に立ち向かい追い払うときでさえ、ふと微笑みを向けてくれそうな余裕を湛《たた》えていた彼が、今はテンジンを拒絶し、それどころか怒号さえ投げつけてきたのだ。

「駄目に決まってるだろう！」

追い打ちをかけるようにコウガミは断じた。

その声に撥《は》ね除《の》けられてテンジンは後じさる。たったの半歩だ。

なのに、そこはもう独りぼっちの場所なのだった。

コウガミはすぐそこにいる。同じ部屋のなか、呼びかければ声の届くところに。

けれど、テンジンとの間には見えない壁が立ちはだかっている。

キンレイ叔父さんとフレデリカは、その壁の向こうでコウガミと慌ただしく短いやり取りを交わし、どやどやと家を出ていった。行くのだ、今から。この街の、いや、この国の人々を守るために。

テンジンは、仲間に入れてはもらえなかった。

まるで子供扱いだ。おとなしく庇護されて、聞き分けの良い、可哀想な子として扱われていればいい——コウガミまでもが、そんなふうに思っているのか。

だとしたら、ひどい屈辱だった。

荒々しいエンジン音が聞こえた。フレデリカの４ＷＤ車が急発進していくのが窓から見えた。

たまらずにテンジンは表へ飛び出し、遠ざかっていく車を見送った。

ふと気づいた。

家の前に乗り捨てられている軍用バイク。というよりはスクーターと呼ぶべきか。キンレイ叔父さんが乗ってきたものだろう。車体後部の荷台には何か積まれていたはずだが空になっていた。

コウガミに手渡すため持参した物だったに違いない。おそらくは武器。小銃だろうか。

それは車に積み込まれ、レドゥン駅へと運ばれていったのだろう。

そこに敵がいる。なんてひどい奴らだろう。駅を襲うなんて。

父が、そして多くの日本棄民たちが、この地にもたらした近代化の命綱のような存在。それが鉄道だ。

もし線路に何かあったら、父は二度殺されるのと同じだ。

テンジンは迷わなかった。倒れたバイクに飛びついて引き起こす。重い。が、なんとかなった。軽排気量の車体は取り回しもしやすく、慣れれば女性や子供でも扱いは容易だ。

とはいえテンジンは今まで一度も触ったことがない。イグニッションキーはそのまま残されていた。キンレイ叔父さんはよほど慌てていたのだろう。見よう見まねで始動すると、エンジンがかかった。アクセルを吹かす。いける。やってやる。やってみせる。自分はもう、子供じゃない。

「ふぉわっ！」

急発進。ひと鞭《むち》くらわせた悍馬《かんば》のごとく、バイクはのけぞるように唸《うな》って走り出す。

そのまま坂道を下っていく。

「わっ、うぅわ……、ふぅうわぁぁ――!?」

バランスを取るため両脚を広げると、キラの裾が風を孕《はら》んで大きくまくれ上がった。

恥ずかしい。が、構ってはいられない。テンジンは叫びながらバイクで突っ走る。

レドゥン駅までは南に数キロ。

先に行ったコウガミたちの４ＷＤ車は、もう影もかたちも見えない。

第七章　「希望」という名の駅

レドゥン駅は谷底に築かれた駅だ。

川の流れに沿って走る鉄道は、廃鉱の街を通って首都へと続いている。

建設当初はレアメタル鉱山の最寄り駅として産出基地化が期待されたが、鉄道の運行開始を待たずして埋蔵量は底を尽き、周辺に広がっていた鉱山労働者の街もほぼ廃墟と化した。現在は首都への生活物資供給拠点として重要視されているものの、定住人口を支える規模の産業はなく、人影もまばらである。

普段は静かなこの駅が、今は戦場となっていた。

黒煙が至るところから立ち上っている。煙幕に紛れて迫りくる襲撃者たちは、姿の見えない幽鬼のようだ。だが激しく降り注ぐ銃撃は、むろん幻でない。

そのなかをかいくぐってキンレイは走った。

黒煙越しに、突っ走るテクニカルが見える。連中はあれに乗ってやってくる。何台も。何台も。

分隊長の姿を見つけた。直属の上官だ。貨物列車に隠れて応戦しつつ、じりじりと後退し、貨物用コンテナのなかへ潜り込んだ。

キンレイは駆け寄って合流した。

「分隊長！ 奴ら、どこの部隊なんだ」

つい乱暴な口調になった。相手も咎《とが》めはせず、怒鳴り返すように応じる。

「まったくわからん！」

不毛なやり取りを交わしながらも、ふたりは銃を構え、コンテナの陰から敵に応射する。

敵の所属、規模、共に不明。しかし戦意は旺盛で、着実に侵攻しつつある。このままでは遠からず駅を占拠される。この場所が戦略目標だとすると、やはり敵の正体は〈三部族〉のいずれかということになるだろうか。

チベット・ヒマラヤ同盟王国は、多民族国家である。

この国には、同盟の中軸となった旧ヒマラヤ王国の宗主たる現国王を仰ぐ民族に加えて、三つの異なる民族が定住しており、それぞれが独自の歴史的背景と文化を守って暮らしている。

数え上げれば、まずインド系の〈南アジア独立軍〉。

次にネパール系の〈ヒマラヤ山岳猟兵連隊〉。

そして中国系難民をルーツに持つ〈紫龍会《ツイロンフイ》〉である。

これらを俗に〈三部族〉と称する。本来はニュートラルな言葉であり、この国の公文書にも記載されるその語は、いつしか果てしない内戦を繰り広げる武装ゲリラの総称として、薄汚いニュアンスを帯びてしまっていた。各個に軍事力も保有しており、いずれもキンレイの所属する同盟王国正規軍とは比べものにならない精強無比の実力を誇っている。今レドゥン駅に攻め寄せている敵が、仮に〈三部族〉のいずれかに属する連中だとすれば、狙いは明白だろう。

すなわち「鉄道利権の独占」だ。

この国の近代化の要として、日本の技術協力を得て敷設された鉄道は、建設途上の段階から莫大な利権を生み出す存在として注目されていた。いわばそれ自体がこの国最大の新たな「資源」であり、手に入れた者が覇者として君臨するのは当然のことと受け止められた。

かくして争奪戦が始まった。かれこれ一五年になるだろうか。キンレイの青春期は動乱とともにあり、そろそろ分別盛りの年頃に差しかかった今なお、〈三部族〉のいがみ合いには終息の気配すら感じられない。

かわいそうなテンジンなどは、生まれてこの方、平和を知らずに生きてきたのだ。

あの子のことを思うと、さしも温厚なキンレイですら、はらわたが煮えくりかえるような怒りを覚える。

怨敵《おんてき》許すまじ。何者であろうと殲滅《せんめつ》あるのみ。

そう決意して撃つ。撃ちまくる。ろくに姿も見えない敵へ向け、闇雲に弾をばらまく。キンレイは文官として同盟王国に仕えてきた。銃を手にしなければならなくなった現在でも、撃つべき敵を具体的な個人や勢力として捉えることができない。いつも敵は、抽象的な概念だ。平和を脅かす何者か。守るべき家族を脅かす略奪者たち。

けれど、やはり何か引っかかりを覚えるのだ。もし敵が〈三部族〉のいずれかだとしたら、よりによって駅を襲うのは理屈に合わなくはないか？

首尾よく無傷で陥れられれば話は別だ。だが、こんな荒っぽい手段で奪おうと企てるのは、いかにもまずい。もし線路を傷つけでもしたら、肝心の「資源」が台なしになりはしないか。

今のこの国には、自力で鉄路を修復できるような技術も資源も、残念ながらまだ存在しない。

そしてそのくらいのことはキンレイのみならず、この国の現状を正しく見る眼を持つ者であれば、常識として共有されているはずだ。

むろん〈三部族〉の首脳たちにもだ。

かれらは愚かではない。引くに引けない事情はあるにせよ、本来は戦いなど望みはしないはずなのだ。

ましてや、こんな乱暴な作戦に踏み切るなど、有り得ないと言ってもいい。

とはいえ、そうした認識も、キンレイ個人の希望的観測に過ぎないのかもしれなかったが――

「とにかく増援が到着するまで、時間を稼いでくれ！」

分隊長の命令が、ほとんど悲鳴のように響いた。


一方の襲撃側は、キンレイの推測を裏切るように大胆な行動を取り、正規軍の防衛線を突破すべく迫っていた。

今、乗りつけたテクニカルの運転席から滑り降りた武装ゲリラたちが、ふたり組《ツーマンセル》で突撃を敢行した。

先行したゲリラは、ニット帽とストールで顔を隠している。が、右の目元の傷は露わだ。

後続の相棒は素顔を晒《さら》している。

ゲリラたちは放置されたトロッコの陰へ飛び込むと、ふたり並んで自動小銃を撃ちまくる。無駄のない動き。

かなりの手練《てだれ》で、場数を踏んでいるらしい。

レアメタル採掘用の櫓《やぐら》の上――、そのてっぺんに伏せたフレデリカは、照準器越しに標的を捉えている。

使用するのは、バレットM82対物狙撃銃。火薬式の銃だ。日本では骨董品だが、ここでは現役だ。電力供給が安定せず、メンテナンス設備もままならない海外紛争地帯では、スタンドアローンで運用できる旧時代の銃火器のほうが信頼性が高い。

十字《クロスサイト》に素顔を晒しているゲリラ兵の姿が重なる。

フレデリカは、そっと引き金を絞った。明確な重みを伴い、機構が動作する。

狙撃銃の弾丸は音速を超えて飛翔した。標的は、銃声を聞く前に身体を撃ち抜かれて絶命する。

バレットM82は、12・7ミリ弾を使用する。対人狙撃に用いるには過剰な破壊力だが、いちいち相手に応じて狙撃銃を交換するわけにもいかない。そもそも国際法という概念が崩壊して久しい現在、国外の戦闘地域において、遵守すべき交戦規定など存在しないに等しい。

次なる目標――傷跡の男に照準を向けるが、何とこちらを見上げていた。

発砲の方向と角度から狙撃者が潜む地点をすぐさま特定したのだろう。反撃を試みることはせず、傷跡の男はトロッコの陰に隠れる。仲間が殺されても動揺ひとつせず、死体に見向きもしない。戦場慣れしている。

フレデリカは、すぐさま狙撃銃の狙いを変えた。敵は広範囲に散開し押し寄せている。各個撃破で数を減らすのが先決だった。

今、照準器の視界にまたひとりのゲリラが捕捉された。建物の陰に身を潜めたが、サーモグラフィー機能によっておおよその位置は摑める。そこにAIの補正が加わり、敵の全身像が線画となって表示された。ためらわず引き金を引く。

鉄製のコンテナならともかく土壁程度では障害にならない。貫通した弾丸が敵を撃ち抜く。

フレデリカは満足げな笑みを浮かべ、新たな獲物を探す。


山道をバイクで下ってきたテンジンの耳に、爆音を貫いて銃声が届き始めていた。

気が急《せ》いて加速すると、車体が大きく跳ねた。

なんとか耐える。飛び散る汗。荒い呼吸。

道の真ん中を塞ぐ岩を、重心の移動で避ける。頭上に張り巡らされた小旗《ルンタ》の連なりが次々と背後へ飛び去っていく。

乗りこなし方のコツは、ここまでの道中でだいぶ飲み込んだ。運転に危なげはない。

そう思った途端、路面にタイヤを取られて転倒した。

だが、放り出される勢いに乗ってテンジンは跳躍する。みごとに着地して、そのまま駆け出した。コウガミの指導が身について、とっさに身体が動いてくれたのだ。

行く手の岩角から見下ろすと、谷底の駅から噴き上げてきた煤《すす》混じりの上昇気流に髪が嬲《なぶ》られた。

「……っ！」

走る男の姿があった。テンジンは眼がいい。獣のごとき髪形を、はっきりと見て取った。

火線をくぐって鉄道のホーム下へ滑り込むと、狡噛はわずかに呼吸を整え、素早く射撃態勢に移った。

Ｍ４ベースのカスタムモデル。ホームの構造物を塹壕《ざんごう》代わりに、移動しつつ敵に応射する。

鉄路の上には敵味方の姿がいくつも転がっている。生死は不明。確かめている余裕もない。

はっきりしているのは、ここが攻防の焦点だということだ。

敵は自動小銃の弾をばら撒《ま》きながら迫ってくる。ろくすっぽ照準も定まっていない。奴らにとっては動くものなら皆邪魔なのだろう。掃射で薙ぎ払い、永遠に黙らせようとする。

狡噛は小刻みな単射で迎え撃ち、敵の手脚を撃つ。四肢のひとつでも動かせなくなれば、兵士の戦闘力は激減する。盗賊かぶれのゲリラ兵となればなおさらだ。士気を削ぎ、無力化するにはそれで十分だ。

と、倒れた敵を躍り越えて、ひとりのゲリラが突っ込んできた。

身軽な動きでホームから線路へ飛び降りる。こっちへ来る。

しかし、狡噛は慌てない。冷静に対応する。ただ一発で仕留める。

脚を打ち抜かれたゲリラは、携えていた小銃を放り出して倒れた。

狡噛は油断なく銃を構えて近づいてゆく。

ゲリラはまだ動けるようだ。呻きながら起き上がり、しかし立てず、線路上に座り込んだまま両手を挙げた。

ひどく若い。まだ少年と言っていい。怯えきって歪む顔。

「たっ、たすけてっ！」

拙い英語だ。この国の人間ではないかもしれない。ここではゾンカ語やネパール語より英語のほうが一般的なのだ。

狡噛は眉をひそめ、苦い顔になった。傭兵稼業をやっていれば、少年兵を相手にすることも珍しくない。自ら志願して銃を手に取る奴もいれば、誘拐されて兵士になってしまった奴もいる。共通しているのは、およそ満足に戦うだけの能力を持っていないせいで容易《たやす》く殺されてしまう、ということ。

多分、こいつも食い扶持を求めてゲリラに加わった。奪われる前に奪うために。だが、実際に奪われるのは自分の命のほうだ。どこの戦場でも、若くて未熟な兵士は使い捨てにされる。

が、殺しはなしだ。そう宣言して加わった戦闘だ。元より命を取るつもりはない。

むろん相手には知る由もない。だからこそ必死に命乞いをしている。

その姿を見ていると、いたたまれなくなってくる。

狡噛はゆっくりと小銃を下ろし、少年兵に背を向けた。このまま立ち去るつもりだった。

それがどれほど迂闊《うかつ》なことであるのか、狡噛はすぐに思い知ることになる。

直後、殺気を感じて振り向いたが、手遅れだった。

至近距離から連射された銃弾が、四発、五発、続けざまに腹から胸へと着弾した。

キンレイから借り受けたボディアーマーを貫通こそしなかったものの、内臓を殴りつける衝撃となって狡噛を襲った。激痛に呼吸が止まった。立っていられず、崩れ落ちる彼を目がけてなおも弾は降り注ぐ。

少年兵はサイドアームの拳銃を隠していたらしい。両手で構え、ろくに狙いもつけずに撃ちまくってくる。

狡噛の頸筋に痛みが走り、鮮血が噴いた。右半身が紅に染まった。

頭すれすれをかすめていった弾もあるらしく、舞い散る髪の切れ端が風に巻かれてきらめいた。

仰向けに倒れた。起き上がろうとするが、息ができない。

少年兵が危なっかしく、足を引きずりながらこっちへ来る。

狡噛は腰のホルスターをまさぐった。サイドアームなら彼も持っている。リボルバー拳銃。部屋の木箱に収めてあったが、出かける前に取ってきた。念のためと思ったのだ。

銀色の拳銃を抜き放ち、しかし構えようとするとめまいがした。狙いが定まらない。ついには銃を取り落としてしまう。

耐えきれず倒れ伏した狡噛に、少年兵が近づいてきた。

そそり立つ少年の姿は、仰ぎ見る位置からだと巨人のようだ。彼は狡噛のリボルバーを拾い上げ、一瞥《いちべつ》して投げ捨てる。なあ……、それはとっつぁんからもらった大切な銃なんだ。今となっちゃ形見なんだぜ。随分な扱いをしてくれるじゃないか。だが、何も知らなければ一分の値打ちもないと思われてしまう。くそったれ。

そして自前の銃を構えた。敵意にぎらつくまなざしが、逆光を背負ってなお爛々《らんらん》と燃えている。

「ぐっ……、むうっ……」

狡噛は起き上がろうともがく。が、身体が言うことを聞かない。呼吸も整わない。薄れゆく意識が落ちないよう耐えるだけで精いっぱいだ。

少年兵の構えた銃口が、朦朧《もうろう》とした視界にみるみる迫ってくる。

おいおい……。

放浪のすえの、あまりにもあっけない幕切れ。

嘘だろ。こんなところで死ぬのか？

黒煙の切れ間に、空が蒼すぎるほどに、蒼い。

と、少年兵の身体が、ふいにのけぞった。

赤い、瞬き。

ぱっと飛び散った生温かい血と脳組織の残骸が周辺へ降り注ぐ。まるで泥の雨みたいだ。わずかに遅れて銃声が響いた。そのこだまが消えてゆくのと、頭部を失った少年兵の死体が倒れていく光景が重なった。視界は暗闇に閉ざされる。


「何やってんの、あの馬鹿は！」

フレデリカは怒りに任せて吐き捨てた。少年相手にむざむざ後れを取ってしまう狡噛の甘さが信じ難かった。あんな有様で、よくも今まで生き延びてこられたものだ。それとも狡噛慎也に関するデータは嘘っぱちだったとでもいうのか。ＳＥＡＵｎにおいて武装ゲリラを指揮し、一時とはいえ政府軍と拮抗《きっこう》させるだけの活躍をしたはずの傭兵は、見るも無残な醜態を晒している。

フレデリカは失望と憤懣《ふんまん》が入り混じり、強張りそうになる身体を解《ほぐ》すため、呼吸を整える。その間も、照準器越しに、狡噛の姿を捉えている。必死に起き上がろうとしていたが、今、ついに倒れて動かなくなった。

死んだのか？

いったん目から放した照準器を、フレデリカは再び覗き込む。サーモグラフィーで見た狡噛の身体には、ぬくもりが残っている。しかし生死はまだ確定できない。一発撃ってみるか？　案外、それで起き上がるかもしれない。むろん冗談だ。レドゥン駅での戦闘はまだ続いている。狡噛ばかり見守っているわけにもいかない。

フレデリカは、戦力の頭数がひとつ減ったと判断する。

ここで死ぬならそこまでだ。

その程度の男に、フレデリカは用はない。

思考を巡らせ、戦術を再構築する。

照準を次なる標的に向け、狙撃を再開する。

そのときだった。

フレデリカのクロスサイトが刻まれた視界に、土煙を上げて接近してくる鋼鉄の軍勢を捉える。


「――コウガミ！　おい、コウガミ！」

呼び声が近づいてきた。いや違う。遠ざかっていたのは自分のほうだ。意識喪失の闇の底から覚醒の水面へと浮上しながら、狡噛はまだはっきりしない頭でぼんやりと自覚した。

まぶたを開くと、間近からキンレイが覗き込んでいた。

「だいじょうぶか、狡噛！」

彼の手を借りて起き上がる。ホーム上に横たえられていた。まだくらくらする。失血のせいもあるだろう。頸筋の傷には応急処置が施され、分厚いガーゼが当てられていた。

かなり派手に出血している。流れ出した血はシャツの右肩から胸までを染め、まだ乾ききっておらず冷たいし生臭い。傷が塞がりきっていないらしく、新たに流れ出した血がガーゼの下から漏れてくる感触もある。しばらくはじっとしていたほうが良さそうだ。治療用ナノマシンの効果は信用できる。頸動脈《けいどうみゃく》が傷ついていたとしても、まだ生きているところをみると傷は浅かったに違いない。ならば短時間で修復してくれるはずだ。

どうやら、戦闘は終わりつつある。

どれぐらい眠っていたのかはわからないが、血の乾き方から考えて、そう長い時間が経ったとは思えない。

その間に、奇跡が起こったらしい。

増援が間に合ったのだ。

が、同盟王国の正規軍ではなかった。

足元をカーキー色のズボンとアーミーブーツで固め、ぴったりとしたウェアをまとった兵士たちは、格好こそまちまちだが、全員が厳格な兵士の規律を身につけている。近代的な装備に身を固めた部隊が駅の至るところに配置され、警戒に当たっている。

「……あいつらは？」

「政府が紛争を解決するために雇った、プロの紛争交渉屋だよ」

傭兵か。

つまり今の狡噛と同類だ。とはいえ、こちらは零細の個人事業者だが、向こうは規模が違う。

キンレイが敬意と畏怖を滲ませた口調で補足する。

「元々は国連の平和維持軍だったが、今は軍人ガルシアが率いる傭兵団……」

ガルシア。その名を聞いて納得がいった。

狡噛の視界には、駅の外に展開した傭兵たちの姿も捉えられている。

装甲車が、戦場を制圧する司令塔のごとき佇まいでそこにいる。車体の上に立っている男の後ろ姿には、確かに見覚えがあった。水色のベレー帽の下のスキンヘッド。ミリタリージャケットの裾に隠れているが、腰の後ろのホルスターにはコンバットナイフが収まっていることだろう。

『我々は停戦監視団だ』

マイク越しの声が響く。自信に満ちた名乗りの声が。

その声とともに、戦闘用ドローン一体と三名の歩兵で編制されたユニットが駆け抜けていく。武装ゲリラ掃討作戦はいまだ進行中なのだ。しかし、それも時間の問題だろう。

キンレイには悪いが、正規軍とは装備と練度が違う。人員の数も。そしておそらくは士気も。

『無用な殺しは避けたい。今すぐ武器を捨てて投降しろ！』

国境の町で出会った、同じ匂いのする男——ガルシアもチベット・ヒマラヤ同盟王国で稼ぐつもりらしかった。再会は、当然の成りゆきであったのかもしれない。

ギレルモ・ガルシア——歴戦の勇士であり、かつ和平交渉に半生を捧げてきた男である。

メキシコ出身。世界中が混沌に陥り、次々と国家が消えていった時代。フランス外人部隊の機甲部隊を振り出しに活躍したガルシアは、壊れゆく世界秩序を保とうとする国連平和維持軍へ志願入隊する。

その頃には、各国政府が軍事力を供出し多国籍軍を構成する従来の形式が維持できなくなり、国連平和維持軍も、それ自体がひとつの政府、ひとつの軍隊と言ってもいい寄り合い所帯になっていた。いわば人類と平和という旗の下に集った共同体。そこでガルシアは、中東紛争地域における「アハマド停戦ミッション」の成功など、輝かしい成果を上げた。

ガルシアは優秀な兵士である以上に、紛争屋としても優秀だった。

数々の紛争調停国連ミッションにおいて交渉役を担当。武装解除《Disarmament》・動員解除《Demobilization》・社会復帰《Reintegration》——その頭文字を取ってＤＤＲと呼ばれる平和構築活動に辣腕を発揮し、紛争当事者たちが武器を捨て、平和とともに生きていくために尽力した。また過激派武装集団への支援企業リストを調査・公表し、テロ支援の停止を求める活動も行った。

　やがて国連平和維持軍解散後には、彼を慕う多くの部下たちを率いて私兵傭兵団を設立する。

　現在まで続く、ギレルモ・ガルシアの〈停戦監視団《Peace Monitoring Group》〉である。

　その戦歴は、一貫して紛争地域の平和維持活動に邁進《まいしん》し、しかも停戦合意に関しては一〇〇パーセントの成功率を誇っていた。まさに伝説の火消し屋であり、偉大なる英雄と崇める者も多い。

　一〇年ほど前にアラビア半島からアジア地域へと転戦し、以後アジア各地で鮮やかな手腕を発揮してきたかれらを、同盟王国が招聘《しょうへい》し治安維持活動を委ねるのはある意味自然なことと言えた。前年には、近隣国である西インド共和国内での反軍閥勢力の武装解除に成功し、和平を実現させた経緯もある。同国内での活動開始からわずか二年ばかりの間に内戦を収めてしまったのだ。実績は十分だった。

　むろん、かれらの名声は武装ゲリラ側にも知れ渡っていると考えていい。

　その証拠に今、襲撃側の武装ゲリラ車両が一目散に逃走してゆく。ガルシアの名乗りを聞くや否や撤退を始めたのだ。まさに尻尾を巻いて逃げた格好だった。

　停戦監視団側は深追いせず、レドゥン駅付近の渓谷狭隘《きょうあい》部に展開した陣形を維持し、拠点防衛線とした。

「油断するなよ！　警戒態勢を続けろ！」

　ガルシアは肉声で怒鳴った。その声は、マイク越しの声よりもいっそう強く、鋭く発せられた。

　部下たちもきびきびと応じる。

「了解」

「了解！」

それらの声が、まるで凱旋《がいせん》将軍を讃えるかのような響きを帯びている。

ガルシアは装甲車の車体から飛び降り、駅のほうへ向かった。

ふと足元に落ちている物に気づいた。

銃だ。Ruger SP101――骨董品のようなリボルバー拳銃だが、ゲリラが使っていたにしては綺麗すぎる。丁寧に手入れがされている。銃に銃以上の価値を見出すことができる人間が、きっと、こいつの持ち主だったはずだ。

立ち止まってしばし眺めた後、ガルシアはそれを拾い上げた。

この銃の持ち主に、ひとり心当たりがある。


レドゥン駅では戦闘の後始末が始まっていた。

ふたり組になった兵士たちが黒い袋に入った物を重そうに運んでいく。納体袋《ボディバッグ》だ。

衛生兵が、負傷者に手当てを施している。

すでに処置を終えた者の姿もあちこちで見られる。

狡噛もまたそのひとりだ。ホーム下のコンクリート構造体に腰を下ろし、ぼんやりとうなだれている。

「よう、狡噛」

呼びかけに顔を上げると、ガルシアが手を差し出した。その手のなかに拳銃があった。

「おまえさんの銃か」

「ああ……、そうだ」

受け取って立ち上がる。立ちくらみがして倒れかけたが、どうにか踏みとどまった。

「また会えたな。……って、おまえ血まみれすぎだろ」

ガルシアが肩をすくめて笑う。

「かすっただけだ」

狡噛も微笑みを返し、軽く頭を下げた。随分と情けない姿を晒している。

「一応、礼は言っておく」

「いやいや、これが俺の仕事だ。とにかく、再会を祝おう」

「……ああ」

力強く応じて狡噛は、ガルシアが掲げた手を握り締めた。

まるで空中で腕相撲でも始めるような構えの、それは男と男の握手であった。

と——

「コウガミ！」

突然駆け込んできたテンジンが、狡噛に抱きついた。

「おまえ……、どうしてここに——」

胸にしがみつくようにしていたテンジンが、顔を上げる。睨みつけてくる。きらめく瞳が濡れている。

「馬鹿！　無茶しちゃ駄目！」

再び狡噛の胸へ顔を埋《うず》め、声を上げて泣き出した。

狡噛は困惑した。

無茶するなと言われても、むしろテンジンのほうがよっぽど無茶をしている。どうやってここまで辿り着いたのか。ついてくるなと厳しく言い置いたはずだ。叱らなければならない。師匠だか教師だか、そんなようなものを引き受けた以上は、それが彼の仕事だ。

が、どうにもそんな気にはなれない。

テンジンは、狡噛のために泣いている。

自分のせいで誰かが涙を流す。そんな出来事は国外逃亡をして以来、途絶えて久しい。そこまで関係が深まる前に相手が死んでしまったり、狡噛のほうが立ち去ってしまっていたから。

最後は、多分――日本を脱出する原因になってしまった、あの事件のとき。

ひどく自分勝手な裏切りによって、いろんな人間を泣かせた。傷つけた。すべてに決着がつき、伝手を辿って国外脱出を図る船に横たわりながら、どこか後ろめたい気持ちが消えなかった。あれは、けっこう心に堪えた。詫びを入れたくても、あいつらのいる場所から、あまりにも遠くに離れてしまった。いつもそうだ。後悔は、取り返しがつかなくなってから、やってくる。

自分はまた、あのときと同じことをしでかすところだったのかもしれない。

この子の気持ちを、俺は本当に考えたことがあったか――そんなふうに思わずにはいられなかった。

怖かったのだろう。寂しかったのだろう。失うことを恐れる気持ちは、誰よりも強いだろうから。

それは今の狡噛にはよくわからなくなってしまった感覚だ。だからこそ、大切に、失わずにいてほしい。

どうしたら、慰められる？

わからない。迂闊に踏み込むのをためらう気持ちもある。

復讐のための技術。そんなものよりも、もっとずっと切実に欲しているものがこの子にはある。

この子が求めているものを、与えてやれる自信はない。

それがこの子のためになるかどうかも定かではない。

この血にまみれた手で奪ったものが多すぎる。ろくでなしの悪党が、この子に何をしてやれる？

けれど、なんとかしたかった。

人に泣かれるのは苦手だ。泣かせてしまったとなるとなおさらだ。泣いている相手に背を向けて去っていくほど後味が悪いものもない。気が変になってしまいそうになる。

狡噛は、そっと触れた。テンジンの頭に、右の掌で。

そうして撫でて、包み込んで、抱き寄せた。できるだけ優しく。

ひょっとしたら手には血がついていたかもしれない。が、それを言ったら今の彼はどこもかしこも血まみれで、汚れていないところなんかなかった。

せめてテンジンの服《キラ》が汚れなければいいと願った。

できることなら心の傷も、癒えてくれればよいと思った。

「おまえ……」

ガルシアがにやつきながら覗き込んできた。

「お子様連れでやってるのか？」

「私は、子供じゃありません！」

すかさずテンジンが食ってかかった。涙声だが、ガルシアを睨む表情は真剣そのものだった。

ガルシアが声を上げて笑った。

テンジンはいぶかしげな顔になり、そっぽを向くようにして、また狡噛にしがみついた。

やれやれ。どうしたものか。

狡噛は小首を傾げ、顔をしかめた。頸の傷が痛んだ。

駅の封鎖は夕暮れ刻《どき》に解除となった。戦場で流された血を吸ったように、夕暮れの朱色が濃い。

出発する列車には、当分の間、戦闘用ドローンの護衛が同行することになった。停戦監視団が保有する機体であり、むろん暫定的な措置となる。

キンレイはまだ仕事があるというので、狡噛たちは先に家へ帰ることにした。

帰りもフレデリカが送ってくれるという。

車はレドゥン駅のそばを流れる川にかかった橋の上に駐《と》めてあった。

近くには停戦監視団の装甲車が展開しており、警備の兵士の姿も目についた。事態が沈静化するまでは警戒態勢が続けられるのだろう。

狡噛は４ＷＤ車《ハンヴィー》の助手席に収まった。

テンジンは後部座席で黙り込んでいる。

と、助手席の窓が叩かれた。ガルシアだ。何ごとかとドアを開くと、ガルシアは座っていろと仕草で示した。

「ほら、やるよ」

差し出してよこしたのは煙草のカートン・ケースだった。しかも、ふた包みもある。当座どころか、この街に逗留している間は十分に持ちそうだった。まったく、紛争屋のガルシアは相手の心を掴むのが上手い。

「こりゃあ助かる」

「ところで、ツェリンから話は聞いたぞ。金にならない戦闘で、難民のバスを助けたってな」

陽気でおしゃべりな傭兵ツェリンも、この国へ来ているのだろうか。駅では見かけなかった。もっとも狡噛自身がほとんど動けなかったから無理もないが。

「狡噛、おまえは本当に変な奴だな」

親しみを込めた口調だったが、誉められたことじゃないのはわかっている。狡噛の答えは自嘲気味になった。

「どういうわけか、そんなふうにしかやっていけないんだよ」

運転席のフレデリカが、わずかに身じろぎした。機嫌を損ねているらしい気配だ。何が気にくわないのか、狡噛には心当たりがない。早く帰りたいのだろうか。

「……まあ、あれだ」ガルシアは一服つけて、夕陽へ眼を向けた。「俺から言えるのは、とにかく無駄死にはするなってことだ……」

踵《きびす》を返し、装甲車のほうへ歩き去っていく。置き土産のような言葉を残して。

「俺もおまえも、生きにくい世の中になっちまった」

本当にそうだ。しかし、生きていくしかない。生きている限り、その命が続く限り。

狡噛は黙って聞いていた。そして音を立ててドアを閉めた。

車は、急速に落ちてきた夜のなかへと走り出した。

第八章　過去という悪霊

その夜、テンジンはなかなか寝つけず、寝床のなかでうつ伏せになったまま考え込んでいた。

冴《さ》えざえとした月の光に満たされた部屋は水底のように静まりかえっている。

今日は朝からいろんなことがあった。長い一日だった。

脳裏に浮かぶのはコウガミの姿ばかり。血まみれのコウガミ。叱るコウガミ。

そう、そして笑うコウガミも。フレデリカとの初対面のときだ。彼は言った。こともなげに。

――追っ手か？

なぜあんなことを言ったんだろう。

――俺を殺すのか？　逮捕か？

心当たりがあるんだろうか。多分そうなのだろう。

フレデリカは言っていた。逃亡執行官、コウガミシンヤと。

執行官とは何なのかテンジンはよく知らないが、とにかく彼はそういうもので、しかも「有名人」らしい。フレデリカに言わせればだ。日本から来たというあの美しい女のひとは、こうも言っていた。

処分や逮捕は、私の仕事じゃない――と。

つまり、それらは為されて当然の措置なのだ。少なくとも日本では、いや〈シビュラシステム〉の「平和」の下では、コウガミは罪人なのだ。だからコウガミは逃げてきた。

何から？　罪から？　そんなものから逃げられるのだろうか？

逃げ切れないだろう。彼自身もそのことを知っている。背負った罪は時間が経てば経つほど重くなる――そんなふうにコウガミは言っていた。テンジンの問いに答えたのだ。

あのとき、彼女が問うたのは、ひょっとするとひどく無神経で残酷なことだったのかもしれない。

コウガミの銃は、彼の罪と関わりがあるだろう。

それを使ったことはわかっていた。だからこそ尋ねたのだ。

彼は答えた。本当のことを、誠実に語ってくれた。テンジンはそう受け止めている。

今、彼はここにいる。異国の空の下に。そしてテンジンと同じ屋根の下に。今頃は仏たちに囲まれた部屋で横たわり、傷つき疲れた身体を休めているだろう。もう寝ただろうか。眠れるのだろうか。

この古い家が、逃げて逃げて逃げ続けてきた彼の最後の落ち着き先になったらいいのに。

もうどこへも行かず、ここで暮らすのだ。テンジンも一緒に。

この短い間に、自分でもびっくりするくらい、テンジンのなかでコウガミは大きな存在になっている。

はかない夢想だろうか？

父が選んだこの国で、テンジンもまた生きていくと決めた。選んだのだ、彼女自身の意志で。

コウガミにも、生き方を選ぶことはできるはずだ。

ああ、けれど――けれどテンジンは、知ってしまった。

父の選択は、追放されたがゆえの限られた選択肢のひとつだったのだと。

日本棄民とは追放者だ。父もまた日本から追われた。不幸な事故などではなく、〈シビュラシステム〉による秘密裏の裁定と選別により決定された、言外の処罰として。

コウガミと同じだ。実際に引き金を引いたかどうかは関係ない。父もまたシビュラの眼で見れば罪人だったのだ。

うつ伏せのまま眼を上げると、窓辺の机が見える。月光に照らされた燭台《しょくだい》の細く長い影が、机上にぽつんと置かれた文庫本をまっすぐに指し示すかのようだ。

父の愛読書だった『恩讐の彼方に』は、ろくでなしの罪人が主人公だった。

テンジンはまだほんの序盤までしか読み進めていない。主人公の市九郎には、ちっとも共感できないけれど、彼の行く末は気になった。その気持ちは、今朝よりもずっと増している。

あの本の何が、父を引きつけたのだろう？

蠟燭《ろうそく》の乏しい光のなかで繰り返し繙《ひもと》くとき、父はどんな気持ちだったのだろう？

同じ頃、狡噛もまた輾転反側《てんてんはんそく》していた。

首回りに違和感がある。包帯の下の傷はひとまず塞がったが、完治にはもう少しかかるだろう。血まみれのシャツはすでに着替えた。が、頸に掛けていた認識標《ドッグタグ》はそのままだ。ざっと水で洗ったが、まといつくような血腥《ちなまぐ》さを感じる。不合理な感覚だったが、しばらくはつきまとわれるかもしれない。

傷つき、また傷つけるたび、否応なしに来《こ》し方《かた》を思わざるを得ない。

為してきた行為のひとつひとつが、押し込めていたはずの忘却の暗がりから這い出して摑みかかってくる。

その感触は今も右手にありありと残っている。

何もかもを捨てて、あの男を追い続けた。最後に辿り着いたのは、天国と見紛うような場所だ。冷たい風に麦穂が揺れて、黄金色の平原がどこまでも続いていた。もうすぐ夜が訪れる。永遠の暗闇が。そんな世界と世界が切り替わる刹那に、狡噛は復讐すべき怨敵に辿り着いた。

固く握った銃把の頼もしさと無慈悲さ。闇のなかで光を放つようだった白い髪の奥底をまさぐり、ごりりと押し当てた後頭部の薄い肉に銃口がめり込んだ。引き金は、重くはなかった。少なくともあの瞬間には。

その一発の銃声は祝福とはいえずとも、安らぎをもたらしてくれたはずだ。

終わった。何もかも――。

正義を為した。そう思っていた。

だが今夜、月光を浴びた彼の右手は戦慄《わなな》きを抑えきれない。

翌朝はよく晴れた。

食堂の窓の外に掛け渡された洗濯紐には、コウガミの衣類がずらりと並んだ。血まみれになった物はもちろんのこと、この際だから手持ちの衣服はまとめて洗ってしまうことにしたらしい。

テンジンも今朝はジャージに着替えた。キラは好きだが、どうしても動きに制約がある。

一方のコウガミは、キンレイ叔父さんから借りた民族衣装《ゴ》を身にまとっていた。膝丈の上着の裾から覗く両脚は黒いタイツに包まれている。この国の男の定番スタイルだ。が、ここまで映えるとは。

「いいい！」思わず両手を握り締めて身を乗り出す。「似合ってるよ、コウガミ！」

「……そんなことより、稽古を始めるぞ」

コウガミは表情を変えずに言った。嬉しがったり、照れたりしてもいいのに。

「はいっ！」

その日の組み手にはいっそう気合いが入った。徒手格闘の基礎はこれまでみっちりと叩き込まれてきた。まだまだ経験は浅いとはいえ、テンジンだって最初の頃とは違う。組み合っているところから倒されても、カウンターで相手の足首を取り、引き倒すこともできるようになった。

そのまま関節を極めると、震えるほど気持ちいい。まるで一曲の舞踏を華麗に踊り切ったような充足感が得られる。

が、そんなのはごく稀《まれ》なパターンで、大抵はやすやすと返されてしまう。背後からアームロックをかけて、がっちり決まったと思っても、次の瞬間には天地が反転する。

大地に叩きつけられても、受け身は完璧だ。

ただ反射的に眼を閉じてしまう癖だけはいまだに抜けない。ぎゅっとつむった両のまぶたを恐るおそる開くと、目の前にはコウガミの拳がある。とどめの寸止めだ。

悔しい。もう何度こんな展開を繰り返してきたことか。

けど、次こそは。

何度でもそう誓う。不条理なくらいの強さでねじ伏せてくる相手の拳を睨み返しながら。絶対に弱音は吐かない。次こそは、きっと見返してやる。

と、扉が開く音がした。

「おはよう」

呼びかける声に応えて、コウガミの気迫がすっと抜けた。

テンジンもその声のほうを見る。

玄関前にフレデリカが立っていた。昨夜は彼女もこの家で泊まったのだ。今やっと起き出したらしい。完璧なように見えて、案外、プライベートはだらしないところがあるのかもしれない。

「その服、似合ってるけど……」小首を傾げて。「あなた、ここで永住する気？」

「え」

コウガミが声を漏らした。驚いたようだった。

テンジンもどきっとして、そっと起き上がり、コウガミの表情を注視した。

彼はなぜ驚いたんだろう。思いもよらぬことを言われたからか。それとも、ひょっとして――

「……ま、それもいいかもな」

コウガミは軽く笑って答えた。冗談に紛らわせた言い方だったので、テンジンはちょっとがっかりした。

フレデリカもムッとしたようだ。彼女はどんな答えを期待していたのだろう。テンジンには想像もつかない。

「そんなことより」コウガミが言った。「あんた、本当にこの家に寝泊まりするつもりなのか？」

「客室が余ってるじゃない」

フレデリカは大きな身振りで家を指し示し、当然のように答える。堂々としている。

空いているのは元々寝室として使われていた部屋だったから、ベッドもひとつ残っていて、フレデリカにとっては理想的な宿だったろう。このまま住みついても不都合はなかろうし、テンジンには拒む理由もない。

「それに、この家は政府の管理下。いちいちあなたの許可は必要ないわ」

「そりゃそうだが……」

テンジンは地面の上であぐらをかき、ふたりのやり取りを興味津々で眺めている。

フレデリカの真意は今ひとつ読めない。が少なくとも敵ではないはずだ。キンレイ叔父さんの部隊に味方して戦ってくれたし、コウガミの命の恩人でもある。何より、あのコウガミを言い負かしてしまうあたり、ただ者ではない。自分が大人になったとき、こんなふうにカッコいいひとになれたらいい。つい、そう思わされるような凛々《りり》しさが、フレデリカという女性にはある。

と、近づいてくる車のエンジン音に気づいた。

やってきたのは、昨日フレデリカが乗っていた４ＷＤ車だ。家の前で急停車し、運転席から身を乗り出したのは、キンレイ叔父さんだった。

「テンジン！」

怖い顔をしている。どうしたんだろう。テンジンは立ち上がった。

キンレイの車に乗せられて、狡噛とテンジンが向かった先は城《ゾン》だった。

今なおこの国の行政機関として用いられている、数百年前の城塞建築物である。

ふた筋の川が合流する地点に建てられており、橋を渡らなければ中へは入れない。戦略上の要衝として理想的な立地環境だ。とはいえ外見は、城というより寺院のようだ。チベット密教の様式を受け継いだ独特のデザインに彩られ、金色《こんじき》と朱もふんだんに取り入れられている。

実を言うとここへ来るのは初めてではない。難民バスを転がして首都へ入った日、狡噛は川辺でタバコを吸おうとした。あのとき、川向こうに遠く見えていた古い建物が、今日の目的地のゾンだった。

思えば、この辺りで、テンジンから弟子入り志願を受けたのだ。そういえばあのとき、川上に橋が見えていた。壮麗に飾られた古いその橋を渡ったらどこへ出るのだろう。そんなことをぼんやりと考えたのを覚えている。気まぐれに橋を渡ろうとしなくてよかった。ゾンへの立ち入り時には正装を求められるのだそうだ。

テンジンは自前の正装を持参していた。初対面のとき、首に掛けていた普段着の青いスカーフはラチューというが、あれの豪華版だ。色鮮やかな花柄の細かな刺繡《ししゅう》が施されたみごとなものである。それを左肩から斜めに掛ける。

男物の正装もラチューと同じく肩掛けだが、比べものにならないほど長くたっぷりとしている。カムニという。狡噛の背丈の倍以上の長さで、両端には房飾りがついている。構造としてはギリシャ時代の上掛け《ヒマティオン》を思わせるが、身体を包むのではなく、たすき掛けのように巻く形の着方をする。

狡噛の分はキンレイが都合してくれた。彼のとお揃いの白無地であるが、狡噛が借りた物のほうが幾分ぱりっとしている。おそらくはキンレイの自宅に予備としてしまい込まれていた新品だろう。ありがたく拝借し、ゴの上にまとう。白無地のカムニは平民のしるしで、役職者など社会的地位がある者には相応の色柄が定められているそうだ。

ちなみに今日キンレイが乗り回しているハンヴィーはフレデリカから貸与されたものだ。困ったときの貸し借りはお互い様というわけだ。

フレデリカは別の用事があるといって、家に残った。キンレイは少し残念そうだった。

キンレイが先に立ち、橋を渡ってゾンのなかへ入っていく。

橋の途中からは屋根が架かっており、体感的には渡り廊下のようなものだ。すでに古式ゆかしい王国時代の雰囲気たっぷりである。川面を渡る風がカムニの布を嬲っていく。

「まったくおまえ……、まだ難民申請と避難居住登録を済ませてなかったとは」

「うっかり忘れてた」

あきれたように言うキンレイに、テンジンは歌うように答える。

悪びれないどころか楽しそうだ。軽やかに先に立ち、小走りになってどんどんゾンの奥へ向かっていく。キンレイと狡噛は、彼女の後を追う格好になった。

キンレイは苦笑しつつも咎めなかった。立場上厳しく接しなければならない場面ではあったろうが、そんな彼にとっても、姪っ子の朗らかさは心を和ませるものがあるのだろう。

橋を渡り終えると中庭に出る。正面に見える白壁のスクエアな建物が、このゾンの中核となる庁舎部分だ。窓の数からすると五階建てぐらいだろうか。打ち捨てられた高層ビルの廃墟と比べればささやかなものだが、旧市街地では最大規模の建築物である。行政手続きはこのなかで行われる。

入り口の石段の前で、キンレイは足を止め、釘を刺すようにテンジンに言った。

「役人には俺から話す」

おまえは黙っていろと念を押しているのだ。

テンジンは無言でにこにこしている。わかってますよ、この通り静かにしてます……というアピールのつもりかもしれないが、なんだか遊び半分の振る舞いにも見える。少なくとも緊張感はまるでない。面倒ごとは叔父に任せておけば安心という気分なのだろうか。

日本棄民二世という立場上、テンジンの移動には制限が課せられる。首都に滞在する間は所定の手続きが必要になる。叔父の口利きがあるとはいえ不安定な立場であり、狡噛からするといささか心配に思えた。

「ついでに狡噛の滞在許可も延長しておこう」

が、そもそも傭兵稼業の流れ者である自分のほうが、よっぽど怪しかろうと思い直した。

狡噛は、キンレイに手続きを任せた。同席する必要もないというのだからありがたい話だった。せっかくの好意だ。甘えておく。そういえばキンレイは元々デスクワークが専門だったのを思い出した。以前、テンジンからそう聞かされた。だから書類上の手続きには明るいのだろう。

「よろしく頼む」

「じゃ、狡噛は待ってて!」

テンジンは手を振って、キンレイとともに建物へ入っていった。

残された狡噛には、ぽっかりと時間が空いた。

見上げると、ゾンの窓辺に泥の塊のような物がいくつも垂れ下がっている。蜂の巣だ。秋も深いせいか飛び交う蜂の姿は見当たらない。この様子だと何年にもわたって築かれては放棄されてきたのだろう。殺生禁止のお国柄とはいえ、役所の建物を蜂に開放しているというのも珍しい。

なかへ入るのはためらわれるが、せっかくだ。周辺を見学させてもらうことにした。

幸いゾンのなかを行き交う人々の雰囲気はゆったりしており、見慣れない外国人がうろうろしていても咎められることはなかった。

中庭の周囲を回廊状に取り巻く外廊下がある。三階建てで、出入りは自由のようだ。

回廊の階段を上ると、広々とした見晴らしである。

小ぶりな擬宝珠《ぎぼし》が並ぶ高欄《こうらん》の向こう、遠く連なるチベットの山々を望む絶好のロケーションだった。自然と背筋が伸び、襟を正したくなる。

が、狡噛の目を引きつけたのは、ぐっと前景の丘の眺めだった。

ごつごつとした岩の盛り上がったところに、一際高く掲げられた幟《ダルシン》は灰色に見えた。至るところで見かける鮮やかな五色の旗とは明らかに色合いが異なっている。弔旗だろうか。

その近くの仏塔《チヨルテン》からは煙がひと筋、細く立ち上っている。

辺りには人影もいくつか見えた。鮮やかな赤や黄色の衣に身を包んでいるのは僧だ。他は一般人だろう。

遺族――か？

「あれは、鳥葬です」

いつの間にかひとりの僧が近くに立って、丘の上の儀式を狡噛と一緒に見ていた。

「子供が死んだときは、穢《けが》れを祓《はら》い空へ帰します」

狡噛も薄々そうではないかと思っていた。

が、あらためて聞かされると、痛ましさが募った。

鳥葬とは、別名を風葬とも言う弔いの方法だ。亡骸を鳥に捧げることで魂を天に帰し、再び輪廻《りんね》転生のサイクルに組み込まれるよう計らうのだという。

いくつかの様式が存在するが、チベット仏教の影響が強い地域だけに、鳥葬もそのスタイルで行われるのだろう。

「昔は、これほど近くで鳥葬を行うことはありませんでしたが」

僧が言った。その横顔を狡噛は見つめる。穏やかな表情。淡々と紡がれる言葉。

「今は、首都を離れると物騒ですし、地方から避難してきた方も多いので」

「そうですか……」

もう一度、丘の上の儀式へ目をやった。

遠くからでもはっきりとわかる鮮やかな僧衣の人影は、遺族よりも明らかに多かった。様々な役割を分担しているのだ。なかには刃物を振るい、肉片を切り細裂《こまざ》いている者もいるはずだ。それが作法なのだから。鳥が啄《ついば》みやすくするための、古くからの知恵。

もし今、この国に〈シビュラシステム〉があったら、かれらの色相はどんな色を呈するのだろうか。

僧たちは、遺族は、そして死した子の魂は、シビュラの許しを得られるだろうか。そもそも、彼らの魂はどのような色をしているのだろう。この地に、数値化された魂の値など存在しない。魂は魂として、肉体に宿り、そして天に昇ってゆくものであり、目には見えず触れることもできない透明だがたしかにそこにあるものだった。

風に乗ってかすかな笛の音が届いた気がした。

それはきっと弔いの骨笛。現実か、幻想か、定かではない遠い遠い音色。

……君は、悪霊に取り憑《つ》かれている。

僧は消えていた。

代わりに、白貌の男。遠い山脈に積もった雪より白い髪、眩《まばゆ》い光をそのまま切り取ったかのような純白のシャツをまとった細身の肢体。ただ、その双眸《そうぼう》だけが黄金に輝いている。

まるで天使みたいに美しい男だ。実際、こいつはこの世の者ではない。

この世から、狡噛がその手で葬り去った怨敵――

槙島聖護《まきしましょうご》が、そこにいた。

確かめるまでもない、あの声と口調で語りかけてくる。

狡噛はまっすぐに前だけを見ていた。丘というよりは崖に近い岩山で繰り広げられる儀式を。

この王国の西のほうではね、死者を葬るとき、死体の腰の骨を斧《おの》で折るんだそうだ。死者はこの世に未練がある場合、起死鬼《ロロン》という悪霊になってしまう。それを防ぐために、骨を折るんだとか……。

今も残る習俗なのかどうかは知らない。が、あってもおかしくないとは思う。この国では基本的に火葬だが、亡骸を弔う日取りは僧による吉凶判断で決まるため、殯《もがり》の期間が生ずる。その間は生者が、死者を守って暮らすのだ。昏《くら》い幻想が忍び寄る隙はいくらでもあるだろう。

が、それはそれとして。

よりによって槙島から、こんな話を振られるとは。ひどい冗談だ。不条理な、笑えない話だ。

あのとき、引き金を引いただけでは不足だったとでも言うのか。

槙島はもういない。だが、槙島は、今も俺のなかにいる。

悪霊とは過去のことだ。

狡噛の苦々しい思いを舌の上で転がして味わうかのように、槙島の囁き声はいっそう親しげになる。

未来からやってくる悪霊はいない。

風がある。少し強くなってきたようだ。なびく幟《ダルシン》と同じ方向を指して、仏塔《チョルテン》からの煙が傾いて流れていく。

君は復讐を望んだ。それは死者のために生きるという選択だ。

鳥が舞っている。鷲《わし》にしては小さい。

そして君は復讐を果たし、日本にいられなくなった。

おそらくは鴉《からす》。待っているのだ。支度が調うのを。

僕を殺したために、生きている君が振り回されている。

槙島が、狡噛のほうへ向き直る。

死んだ人間に支配されて生きること。それはつまり、悪霊に取り憑かれているということ……。

狡噛は、遠くを見たまま応える。

……過去がすべて悪霊ってわけじゃないだろう。

その声は、いっそ朗らかと言っていい響きを帯びている。

俺はこいつとどこまで一緒にいるのだろう。地獄に落ちるまで？　いや、もうここは地獄じゃないだろうか。

赤黒い泥に少しずつ足を取られていって、己の居場所を自ら捨てていって——。それでも今、不思議と地獄ではないどこかにいるような気がするのだ。空は蒼く、透明とさえ言っていい。天へと繋がる最果ての地。

……そうだね、狡噛慎也。

槙島は、まんざらでもなさそうに笑った。

テンジンは、ゾンの中庭に生い茂った菩提樹《ぼだいじゅ》の木陰で、独り立っていた。

ラチューの布に包んで持ってきた大切な物を、そっと広げてみる。

掌に乗るほどの、素焼きの仏塔。供養塔《ツァツァ》だ。家族の遺灰が練り込んである。

この国には墓がない。魂は輪廻するものだからだ。遺灰は川へ流し、自然に還すのがごく当たり前のことだ。

が、死者を悼む気持ちはもちろんある。ツァツァはそのために作られる。

菩提樹の傍らには、小型のマニ車を連ねた祭壇が築いてあった。

持参したツァツァを、マニ車の下にそっと安置する。

いざとなると離れがたい気がして、掌で撫でて、ひとしきり慈しむ。しかし、いつまでも未練を残していてはいけない。家族の魂が生まれ変わり、この世へ戻ってくるのが遅くなる。テンジンは思いきって手を放した。

眼を閉じて合掌した。父から教わった、日本式の礼拝だ。

ツァツァに限らず、磚仏《せんぶつ》は脆《もろ》いものだ。風雨に晒されるうちに、やがては元の土に還っていくだろう。この祭壇に収められた物を見渡しても、様々な風化の過程が示されている。

それでいい。きっといつか戻ってくるのだから。

むろんテンジンと再会できるとは限らない。そんなことはよくわかっている。

ただ、気持ちには区切りがついた。

祈りは別れだ。それでいいのだ。

たとえ魂が去っても、家族の記憶は残る。テンジンが生きて在る限りは、必ず。

ふと気配を感じた。

コウガミがゆっくりとやってきて、テンジンから少し離れたところで立ち止まった。

「……コウガミ」

呼びかけても、こっちを向かない。ぼんやりと遠くを見ている。

「叔父さんは手続きにもう少し時間がかかるみたい」

「……そうか」

やっとテンジンのほうを向いた。心ここにあらずという感じだ。

「どしたの？　ぼんやりして」

「……いや、なんでもない」

そう言われてもなかなか納得できず、テンジンはコウガミが見ていた方向へ目を向けた。ゾンの屋根の飾りが陽を浴びて金色に輝いている。綺麗だ。

その上を鳥が舞っている。鴉が二羽。牽制《けんせい》し合ってでもいるのか、互いをめがけて飛んでいるようにも見えたが、考えすぎだろうか。

どこからかマニ車を回す音が聞こえてくる。誰かが功徳を積んでいる。

第九章　団欒《だんらん》、うたかたの

朝から、掻《か》き集めた資料と格闘しているうちに、あっという間に一日が過ぎていった。

そろそろ日も暮れようとしている。

フレデリカは、寝室として借り受けた一室を、臨時の仕事部屋に作り替えている。といっても、頑丈な補強が施された軍用のラップトップ型ＰＣ以外に仕事道具らしいものはない。バッテリーだけが心配の種だったので、４ＷＤ車から予備のバッテリーをいくつか持ってきている。

首都レジムチュゾムの郊外に建つ家の周辺は、まことに長閑なものだった。聞こえるのは自然の音ばかり。鳥の声。野良犬の鳴き声。風が草を揺らす囁き。そう、それと祈りだ。マニ車からの鐘と、はためく祈禱旗《タルチヨー》が唱える風の経文。

町外れの家だから平和に思えるのか？　いや、そうではあるまい。フレデリカの見たところ、どうもチベット・ヒマラヤ連合王国全体に共通する感覚のようだ。この国は長らく紛争状態下にあるはずなのだが、首都近辺に限らず、不思議と切迫感は薄い。喜ばしいことではない。内戦状態にある地域では、戦闘と日常のレイヤーがひとつの場所に重なり合っている。いつ、ふいに銃声が轟《とどろ》いてもおかしくない。誰もがそうした事態に慣れていて、今さら騒いでも無駄だと悟りきっているのだ。健康な状態とは言い難い。

何ゆえこうした事態に至ったか。

その来歴を改めて頭に叩き込むため、フレデリカは資料を読み直していたのだった。

〈三部族〉の対立は、この国――チベット・ヒマラヤ同盟王国の建国時以来、延々と抱え込まれくすぶり続けてきた火種そのものと言っていい。

今を遡ること一五年前、二一〇二年の一月。

旧ヒマラヤ王国は、かねて友好関係にあった北インド系とネパール系の民族と力を合わせ、同盟王国を成立させた。世界的な大動乱の最中にあって、民族的な誇りと社会秩序を保ち、小なりといえども独立した国家主権を維持するため選んだ道であった。

この三民族に、中国系の難民集団が大規模な移民として流れ込み加わったのが、同年七月のこと。かれらは旧中華人民共和国内で巻き起こった内戦に敗れ、国を逐《お》われた氏族《クラン》だった。血の絆で結ばれた強固な集団であり、誇り高く、結束も固かった。

同盟王国側は、かれら中国系難民氏族の要請を無条件で受け入れ、国内東部地域の一定範囲を移住地として提供し永住権を与えた。この英断は、旧ヒマラヤ王家の人道主義を反映するものであると同時に、平和を望む新国家としてのイメージを対外的にアピールするための外交戦略でもあったと言われている。

だが、こうした積極策も世界的な秩序崩壊の嵐を食い止めることはできず、同盟王国は鎖国政策を選ぶ。建国からわずか二年後、二一〇四年三月のことである。

こうしたなか、日本との関係だけは例外的に継続した。同盟王国の成立直後、新国家体制を真っ先に承認した日本は、最初期からの友邦と言える存在だったし、その後も国際援助協力を通して近代化へのパートナーとなってゆくことが期待されていた。

開発援助の柱は、当時まだ存在しなかった鉄道の建設であった。

事実、それはこの国にとって、かつてない恵みをもたらした。

物資とは、すなわち生きる糧である。供給量は国土の繁栄と国民の豊かさを支える生命線《ライフライン》だ。細々としか繋がれていなければ恒常的かつ慢性的な衰弱は避けられず、社会の周縁部から死と縮小が常に忍び寄るだろう。そうした環境下で養えるのは最低限の数の命に留まる。頼りになるのは個々の個体の生命力と、運の巡り合わせだけ。文明を築き繁栄してきた人間社会としては、原初的な姿と言わざるを得ない。

そうした在り方が、当時の同盟王国の偽らざる実情でもあった。

鉄道は、状況を激変させた。

開発は国土の南西部側を中心に進んだ。同地域にあるザイル炭田からの豊富な産出量を見込んでの経済発展計画が立案され、そのプランに沿って鉄路が延びていった。

開発の進行につれて、清貧と知足、密教哲学に由来する独自の死生観、経済発展ではなく国民の幸福度――そんなキーワードで語られてきた旧王国の美風は、急速に変化を余儀なくされるだろうとの予測もあった。惜しむ声も少なくはなかったし、変化を危ぶむ意見も根強かった。

それらの危惧は杞憂《きゆう》に終わった。

日本の突然の方針転換による開発援助からの撤退。開発は頓挫し、近代化は道半ばで途絶えることになった。

鉄道事業のために派遣されてきた日本棄民たちは、故郷から捨てられるかたちで残留し続けたが、日本人は、異なる土地に移り住むと、これまで自分が持っていたアイデンティティーを希薄化させ、その土地の文化や風土に染まっていく傾向がある。日本棄民は、日本人であることを捨てていった。望むと望まざるとにかかわらず。

結果として今もこの国は、伝統的な世界観を保ち続けている。が、幸いだったと言えるかどうか。

日本の離脱は、有り体に言って裏切りだった。その無責任な行為によって必然的に生じた禍根の芽はみるみる育ち、同盟王国全体に根を張る猛毒の大樹となってあらゆるものを蝕《むしば》んだ。

禍根とは、開発から取り残された国内東部地域であり、そこに暮らす中国系難民たちである。そして、かれらと他の民族との間に生じた、決定的な経済格差である。

当初の予定では、鉄道は首都南部のレドゥン駅付近から分岐して東部へと延伸し、同盟王国内を横断する大動脈となるはずだった。だが経済援助の停止によって工事は打ち切られた。名目上は「無期限の延期」とされていたものの、現実的にはすべてが終わったのだった。

計画の名残は、今もそのままの形で放置されている。

象徴的なのは未完成の鉄橋だ。東部への道程を阻む渓谷に、半ばまで完成した状態で打ち捨てられたその鉄橋には、正式な名は与えられなかった。計画段階から準備されていた名はあったが、今はもう知る者もいない。

いったんは東へと差し伸べられた手が、対岸と結び合うことなく中空に取り残された光景——

それは中国系難民たちにとって、自分たちが見捨てられたと雄弁に語るかのようだった。あの橋が届かない限り、かれらに発展の恩恵は与えられない。格差はこれからも拡大を続け、痩せ細り衰えて滅び去るしかないだろう。

戦いに敗れ故国を逐われたとはいえ、今なお矜持《きょうじ》を失っていない氏族にとって、耐え難い未来図であった。

むろん、かれらとてそのまま黙ってはいない。同盟王国政府に窮状を訴え、即時かつ継続的な救援と、格差縮小へ向けての抜本的な対策立案を求めた。

具体的には、鉄道建設工事の再開と、可及的速やかな完遂。実現可能な発展のビジョンが目の前にある以上、他の選択肢は考えられなかった。要請を受け、政府は「同盟王国国営鉄道問題緊急会議」を召集した。

が、当事者たる中国系難民以外の反応は鈍かった。公平を期すために述べておかなければならないのは、かれらにしても、どこから手をつければよいのかわからないほどの難事業だったという点である。

鉄道建設に要する莫大な資金を誰が負担するのか。建設資材の調達をどうするのか。技術者の確保。工期の見積もりと工程の管理。そして実際の施工。どれをとっても難題だった。安定を欲して選んだ鎖国政策が仇《あだ》となり、高度技術者を国外から招聘するルートまでが失われていた。八方塞がりとはこのことだ。

しかも、仮に要求通りに鉄道の全線開通が実現したとしても、当事者以外にとっては何の旨味もないのである。既得権益を手にした者にとっては負担でこそあれ、モチベーションなど高まるはずもなかった。

会議は散漫なものに終始した。

席上では中国系難民代表が熱弁を振るったが、何の手応えもないばかりか、他民族からの差別感情が露呈する結果となった。要するにかれらはよそ者であり、お情けで迎え入れられた立場に過ぎず、その証拠に永住権はあれど選挙権は与えられていない。同じ国民として対等に扱われることはない。その事実が、誰の目にもはっきりと映った。

この瞬間、同盟王国の理想には深い亀裂が入ったと言っていい。会議の失敗と民族差別が白日の下に晒されたことで、同盟王国政府は指導力不足を露わにし、政局運営への信頼感を著しく殺いだ。

時を同じくして、国外から武装ゲリラ集団の流入が始まった。

対策は後手に回り、ゲリラはのさばった。効果的な対策が打ち出されない状況にあって、各民族はそれぞれに武装し、自衛手段を講ずるのが常態化した。

同盟王国の、事実上の分裂。それは止めようもなく加速した。

求心力を失った政府に対して、まず中国系難民が反旗を翻した。かれらは〈紫龍会《ツイロンフイ》〉を名乗り、実力による領土獲得を求めて活発に動き始めた。過去に激しい内戦を経験しているかれらは、今度こそ覇者となり、自分たちの国を築くため貪欲に襲いかかった。食い千切るべき肉片《とち》は、西に隣接する地域。チベット系民族の領土である。そこには鉄道も通っている。新たな建設が望めないなら、今あるものを奪うのはかれらにとって当然の理《ことわり》だった。

〈ヒマラヤ山岳猟兵連隊〉を名乗るチベット系民族は、北インド系の〈南アジア独立軍〉と協力関係にあったことから、その全面的支援を受けて劣勢を挽回。〈紫龍会〉に奪われた領土の奪還へ向け、猛然と反攻に転じた。

が、峻険《しゅんけん》な山岳地帯を領土とする〈ヒマラヤ山岳猟兵連隊〉は経済的基盤が脆弱《ぜいじゃく》で、戦争状態の継続が長期化するとたちまち財政が逼迫《ひっぱく》した。ついには受益者が負担する取り決めだった国営鉄道の整備費を捻出することが不可能になり、弱体化しながらもいまだ鉄道の管理者としての立場を堅持している同盟王国政府との間で政治問題化した。

ここで政府は取り返しのつかない失策を犯した。あろうことか、〈ヒマラヤ山岳猟兵連隊〉すなわちチベット系民族を、同盟王国から強制分断。

同時に鉄道の運用、及び保守管理のすべてを〈南アジア独立軍〉に移管することを画策したのだ。この愚行に関しては、裏側で様々な駆け引きや利益供与が行われたとも言われるが、詳細は不明である。はっきりしているのは、もし現実となれば、鉄道利権が北インド系民族に独占されるということだけだった。

かくして〈三部族〉は、決定的な対立関係に至った。もはや手を取り合う友はいない。味方は身内だけ。周りはすべて敵だ。相変わらず侵入しては暴れ回るゲリラどもはもちろん、同盟王国でさえも。というより、かれら〈三部族〉にとっては、とっくの昔に「国」はなく、ただ土地だけが広がっているようなものなのだった。それを自らの「領土」と為すためには、果てしない戦いを繰り返すほかはない。

かくして同盟王国は、〈三部族〉から問題にされず、このまま幻のように消え失せるかと思われたが——

しかし、この国にはまだ王がいた。旧ヒマラヤ王国時代から続く王家の、今は政治的実権を持たない立場である。

国王は政府の行為を憂慮した。特に民族差別に関しては、当初から一貫して激しく非難してきた。

しかし事態は悪化するばかりで、内乱が終息へ向かう見通しは得られない。

ついに勅命が発せられた。それは立憲君主制のこの国においては禁じ手と言うべき手段だったが、今は名ばかりとなった同盟のパートナーたちが互いに食い合う惨状を前にして、咎め立てする者はほとんどいなかった。

国王は、国外に助けを求めた。

かくして呼び寄せられたのが、ギレルモ・ガルシア率いる〈停戦監視団〉だったというわけである。

『──王国政府の要請を受けた停戦監視団は、現在衝突を繰り返している各武装勢力との交渉を開始しました』

使い込まれたトランジスタ・ラジオがニュースを伝えている。

それを聞きながら狡噛は、夕暮れ時のキッチンで立ち働いている。

今夜は少し張り込んで、ごちそうにした。市場へ寄って食材を仕入れてきたのだ。

キンレイに導かれてゾンを訪れてから、すでに一週間ほど過ぎている。頸の傷は思いの外長引いたが、包帯はそろそろ取れるだろう。

ガスコンロに着火し、鶏肉とトマトを炒める。本来はいずれも一口大に刻むのがセオリーだが、狡噛は食べ応えがある大振りにするのが好きだ。唐辛子もたっぷり投入し、さらに生姜《しょうが》、大蒜《にんにく》も刻んで加える。

『事実、停戦監視団が到着して以降、国内での武力衝突は一〇分の一以下に減少しており、国民の間には、すでに歓迎ムードが広がっています』

男性アナウンサーの歯切れのよい口調には、どこか語り物の芸能者を思わせる張りがあった。中立を保つべき立場ではあるにせよ、押さえがたい期待感が溢れてくる。そんな語り口になっていた。

あの男、ガルシア──初めて出会った国境際の酒場から、妙に惹《ひ》かれ合うものを感じていた。

いまや彼の存在感は、独り狡噛のなかのみならず、チベット・ヒマラヤ同盟王国とその周辺で生きる者すべてにとって無視できないほどの大きさに成長し、なお重みを加えていくらしい。

今も彼は〈三部族《ガルシア》〉の間を奔走しているのだろうか。

紛争の火種を消し止めるために、誠意を尽くして――

それはそれとして、とりあえず今、狡噛にとって最大の関心事は夕餉《ゆうげ》の支度だ。

別鍋で仕込んであった鶏ガラスープを、ひと掬《すく》いばかりフライパンに加え、さらに煮込む。

寸胴鍋に沸々と煮えるスープは午後いっぱいかけて取った。かかりきりになってアクを引いたので、すっきりした味に仕上がっている。普段は気分次第の男の料理で、ここまで丁寧にはやらない。既製品の粉末スープも手に入らないことはなかったが、今回は肉を調達する必要もあったので、市場で生きた鶏を買ってきて絞めたのだ。

今夜のメニューには豚肉もある。これは市場で簡単に手に入った。殺生禁止のお国柄とはいえ、国外からの避難民も店を広げる市場では、禁制も徹底されてはいない。

そもそもテンジンやキンレイを含め、この国の国民にとっては、肉食は別段タブー視されてはいなかった。殺生禁止と肉食文化との共存は矛盾ではある。が、この国に生きる者たちの間では、とっくに折り合いがついている問題らしい。誰もがルールに従いつつも、現実との妥協点を見出している。〈シビュラシステム〉にすべての判断を委ねて生きる日本と違って。

畜肉の処理にしてもそれなりの作法があり、僧侶の立ち会いの下、魂を輪廻のサイクルへ送り出す法要を伴って行われるのだそうだ。残念ながら狡噛は、そうした作法の具体的な段取りを承知してはいなかった。また仮に聞きかじっていたとしても、畏れ多くて真似できるものではない。それを執り行う資格を持つのは僧だけだ。

だから狡噛は、鶏を処理するときに祈らなかった。

ただ手早く、苦しめることなく確実に済ませることだけを意識した。

神仏への信仰はないが、まっとうではありたいと願っている。——その心構えを、たとえば正義などと呼べるかどうかは、また別の話ではあるとしてもだ。

むしろ狡噛が祈るのは今、とろとろと煮込まれてゆくフライパンの中の鶏とトマトのシチュー《ジャシャシャマル》が、旨い一品として出来上がってくれることだった。


一方ガルシアは、直接の依頼人《クライアント》たる国王の期待に応えるべく、精力的な停戦交渉に明け暮れていた。

〈三部族〉の指導者たちの元へ自ら足を運び、停戦合意に向けた調停案を提示し、同時に武装解除を促す。

調停者として〈三部族〉の首脳陣と折衝を繰り広げ、妥協点を探るのは、容易いことではなかった。

が、感触は悪くなかった。

〈ヒマラヤ山岳猟兵連隊〉の神秘的な女性指導者も——

〈南アジア独立軍〉を統率する大兵肥満の大旦那《マハラジャ》も——

ガルシアが提示した停戦条件に、微笑みを以て応えた。

かれらとて終わりの見えない戦いに疲弊しており、平和と安定を望み、そのための落としどころを求めていた。

ガルシアの提案は、かれらにとってもよい機会であり、再び交渉のテーブルに着くことに異存はなかったのだ。

しかし。

「出ていけっ！」

〈紫龍会〉の老頭目だけは、交渉案を表示したタブレット端末を踏みつけて怒鳴った。

怒号を合図に、その場に立ち会った氏族の面々は一斉に拳銃を抜き放ち、停戦監視団の随員たちを包囲した。

ガルシアの眉間には、頭目自身が、ぴたりと銃口を突きつけている。

「……何が停戦監視団だ。要はただの脅しではないか！」

泰然と構えていたガルシアは、このときまで無表情を保っていた。

が、頭目の言葉に、ふと苦笑を浮かべた。

聞き分けのない子供に対するような、優位者としての振る舞いであった。

だいたい、いつも平和のために武器を捨てろと民兵に言うたびに、屈強きわまりない大人が今の〈紫龍会〉の老頭目のように駄々をこねるのだ。もう遊びはやめて玩具を片付けなさいと叱っても、かたくなに拒む子供のように。

そんなわがままな子供にも、ガルシアは拳を振り上げて躾《しつ》けるようなことは、けっしてしない。

あくまで言葉で諭すのだ。それでもどうしようもなくなったら、仕方ない。しかし、ガルシアは、誠意ある態度を根気よく貫けば、必ず相手に届くことを知っている。互いが平和を望み、その理想を共有しているのならば。

今夜の交渉は長引くかもしれない。しかし、永遠には続くことはない。どこかで必ず終わりが来る。


その頃、テンジンは湯船に浸かってぼんやりしていた。

「コウガミは、日本で何か悪いことをしたの？」

独り言のように呟く。

傍らの洗い場にはフレデリカがいる。テンジンの言葉は聞こえているはずだが、すぐには答えない。念入りに磨き上げていた肌を桶《おけ》の湯で流すと、ランタンの灯りに照らされた完璧な裸身が炎を孕んだように輝いた。

「……したわ」

テンジンは姿勢を変え、湯船に顎を載せてフレデリカを見た。

「それは、どんな?」

「ひとことで言うと……」

フレデリカも、まっすぐにテンジンを見つめ返す。

「復讐よ」

予想していた通りの答えだった。

なのに、言葉をなくしてしまう。どう反応していいのか、何も思いつかない。これほど動揺してしまうとは、テンジン自身にも意外だった。

木箱の底にしまい込まれた古い銃が思い出された。鈍い銀色に輝く拳銃だった。

あの銃は、やはり使われたのだ。ひとを殺したのだ。

そしてそれは封印されたわけではなく、必要とあらば手に取られ、携えられて前線へと赴く。そのことはつい先日のレドゥン駅襲撃事件のときにはっきりした。まだ、テンジンがその撃発の瞬間を見たことはなくとも、この世界のどこかで、あの拳銃の引き金は引かれ、弾丸が放たれ、そして誰かの命を奪った。

終わった過去ではない。

生きている「今」なのだ。

だからこそ、コウガミは追われている。

この美しい人――フレデリカもまた追っ手のひとりだ。コウガミの罪を問うのは〈シビュラシステム〉であり、国家であり、彼女もまた最終的には、それらの体制が指向するところの「正義」に従って動くのは疑いない。

けれど、今はまだ敵ではない。そう信じたい。

テンジンは、深い溜息をついて湯船から上がった。十分に焼いた石は熱く、一番風呂は肌がひりひりするような湯加減だった。

フレデリカが背中を流してくれるというので、甘えることにした。気持ちいい。ほどよく力が込められてリズミカルに往復する感触に、汗や汚ればかりか縮こまった胸の内までが洗われ、のびのびとほぐされていくような心地がする。テンジンはもう、この人を疑う気持ちなどなくなっていた。

「……復讐して、コウガミは？」

無防備な問いかけが、つい口からこぼれ出てしまう。

「……すべてを失った」

予想通りの答えが返ってきた。けれど、わずかなためらいにたゆたう間があった。そのことが、テンジンの胸に共鳴の余韻をもたらした。フレデリカもまたコウガミの境遇に思いを馳せているのだと信じられた。

「多分、得たものは何もない」彼女は言葉を継ぐ。「最後に残った自分の居場所よりも……」

と、背中をこする動きがわずかに止まった。

ああ――そうか。頸か。テンジンは察して、そ知らぬふりをした。

幼い日に負った傷跡は、今も彼女の右の頸筋に嚙み裂かれたような引きつれとなって残っている。他にも身体には無数の傷痕がある。村を燃やされ、故郷を焼かれ、それから生き残った村の幼馴染の男の子と逃げる途中、田んぼに仕掛けられていた地雷で彼は吹き飛ばされた。昔、どこかの国の軍隊が飛行機を使って空中散布したバタフライ地雷。飛び散った肉と骨の破片がテンジンの身体に突き刺さった。その傷痕は、今も服の下に残っている。

その傷は、テンジンが生きてきた世界の歴史を記した地図だ。もはや自分ではなんとも思わない。こういうものとして受け入れ済みだ。傷もまた自分の一部だった。

だが初めて見たなら驚くだろう。

「……コウガミは、復讐を優先した」

途切れていた言葉が、フレデリカの口から告げられた。

「そして目指すあてのない旅が……始まったの」

テンジンは黙って聞いていた。汗を流し、もう一度温まり、服を着た。清潔な服を。

入浴の後にはごちそうが待っていた。

テーブルの上には湯気の立つ料理の大皿が三つも並んだ。

ジャシャマルとジャガイモのチーズ煮《ケワダツイ》、それに豚肉と細切り生姜の炒め物だ。聞けば東南アジアで覚えたメニューだという。

他にサラダ《ホゲ》と、どっさり炊いた赤米。もちろんバター茶《スージャ》のポットもあるし、テーブルの隅には竹製の酒器《バラン》も用意されていた。水差しにも使われる道具だが、間違いなく自家製焼酎《アラ》が入れてあるはずだ。

それらをコウガミは、手ずからてきぱきと取り分け、銘々に配ってくれる。

「旅で覚えた料理だからな。味の保証はしないぞ」

「あら。いちいちそういう予防線を張るのは、あまり潔くないわよ？」

「うるさい」コウガミがフレデリカを睨む。「黙って食え」

挑発した本人は、そ知らぬふりで、満足そうに料理を味わっている。

テンジンはと言えば、コウガミに改めて言われるまでもなく、初めから無言だった。

料理はどれもおいしい。

けれど、そのことがなぜか寂しい。

この家の日常は、まだ新鮮な非日常のときめきを伴っていて、どこか借り物のままごとめいている。

いつ失われてもおかしくない。

それでも、コウガミの、「目指すあてのない旅」が、ここで終わるとしたら――。

みんなで暮らす。コウガミと、フレデリカと、そしてテンジンで。

ひょっとしたらキンレイ叔父さんも加わったりして。

みんな一緒に、この国で生きる。そんな未来を選んだっていいはずだ。

父のように――

テンジンのように――

けれど、言葉にはできなかった。

そう考えると、普段のように明るく振る舞うことはできなかった。

コウガミとフレデリカが、時折心配そうにちらちらと目を向けてくるのを感じた。

テンジンは構わず、ただ黙々と食べ続けた。

おいしい。本当においしい。

第一〇章　運命と覚悟

外は冴え冴えとした満月である。

夕食の後片づけをあらかた終えた狡噛は、残り物の皿を持って外へ出た。

すぐに野良犬がじゃれついてきた。この家の近くを根城にしているらしい、中型の雑種犬だ。しきりに吠えながらしっぽを振り、後足で立ち上がって食事をせがむ。

躾けられたことのない犬だ。待てを知らず、芸もなく、それでも人を信じることだけは身についている。でなければ、こんなふうに甘えはしない。食らいついて奪おうとするだろう。

皿を置いてやると、ぴょんと飛び上がって喜んだ。そして一心に食べ始めた。唐辛子は取り除いておいたが、やはり辛いのか時々顔を上げ、肉片を噛みながらハアハアと息をついている。ダックスフントの血が入っているのか愛敬のある顔立ちで、大きさのわりに迫力も覇気もない。もっとも油断は禁物だ。見かけはともかく、ダックスフントはあれで猟犬であり、必要とあらば勇敢になる。

この国には野良犬が本当に多い。どこにでも腹を出して転がって寝ているのを見かける。殺生禁止は当然虐待をも禁ずるから、かれらにとっては楽園なのだ。もっとも狂犬病などのワクチン注射はほとんど実施されていないので、人間にとってはむしろ危険だ。迂闊に手を出して噛まれたら治療法はほぼない。

それを承知の上で、しかし狡噛は、やはり撫でずにはいられなかった。

顔を上げる。月が明るい。

食堂では今テンジンが本を読み進めている。そろそろ佳境に差しかかっているはずだ。邪魔したくなかった。

テンジンは古い本をたどたどしく音読している。

「『實之助は、多年の怨敵が、嚢中《のうちゆう》の鼠《ねずみ》の如く、目前に置かれてあるのを欣《よろこ》んだ。譬《たと》い、その下に使わる石工《いしく》が幾人居ようとも、斬り殺すに何の雑作《ぞうさ》もあるべきと、勇み立った』……」

読み疲れてテーブル上にだらりと寄りかかり、溜息をつく。

ここまでの展開を、確かめるように言葉に出してみる。

「……悪人のはずの市九郎が、悔い改めて僧侶となり、険しい山にトンネルを掘り始める……」

扉が開く音がした。

テンジンは身を起こし、コウガミを待つように気配を窺っていたが、彼がぐい呑みを手に食堂へ入ってくると、さっと顔を背けて頬杖《ほおづえ》をついた。

「そうだ」とコウガミが言った。テンジンの呟きを聞いていたらしい。

そんなに大きな声で読んでいただろうか。さっきまで外にいたと思っていたのに、いつの間にかキッチンへ戻ってきていたのだろうか。いつもの野良犬とじゃれあう気配がしていたけれど。

「そこに、市九郎に父を殺された実之助がやってくる」

竹の酒器から酒《アラ》をぐい呑みに注ぎながら、コウガミが言った。彼はこの本を読み通し、ストーリーも覚えている。だからテンジンに言ったのだ。「自分で読むんだな」と。

頑張って読み進めてきた。悔しかったし、誉められたのが嬉しかったのもある。

けれど、この展開って、ひょっとして――

「実之助は市九郎を殺せない……」

呟いてみる。まだ読み終えていない結末の、こうだったら嫌だなという予想だった。

コウガミは黙って聞いていた。否定も肯定もしなかったが、そのことが答えだと思った。

――どうして。

わからない。テンジンには納得がいかない。

実之助は、殺さないのだ。

果たさないのだ、復讐を。

彼が幼い頃、ろくでなしの手にかかって殺された父の敵《かたき》に、散々苦労を重ねて巡り会ったはずなのに。

みごと本懐を遂げなければ、故郷へ帰ることもできないというのに。

なぜ？

市九郎が、改心したから？

罪滅ぼしのために立派なことをしたから？

コウガミがひとくち呑んだ。寛いでいる。けれど彼の眼は、じっとテンジンに注がれている。

彼も知りたいのだ。テンジンがこの本をどう読み、どう受け止めたのかを。

『恩讐の彼方に』――

父は、この本をどんな気持ちで読んだのだろうか。

「父の遺品が、この本だったことに、何か意味があるのかな？」

テンジンは顔を上げ、コウガミの眼を見つめ返した。

わずかの間だが、ふたりの視線は互いに打ち合う剣のように交錯し、力を競った。

「……俺は、昔、刑事だった」

やがてコウガミは竹の酒器を置き、ぐい呑みだけを手に窓のほうを向いた。

「職業柄、偶然って言葉が好きじゃないんだが――、もし偶然に意味があるように感じたのなら……、それは運命ってことにしておかないか？」

「……運命」

らしくない、気軽とさえ言える口調だった。はぐらかされたかもしれない。

そんなふうに思ったが、コウガミは、真剣な質問を適当に茶化して、自分を子供扱いするような人間ではない。

じゃあ、何でそんなことを言ったのだろう。偶然が運命って、どういう意味だろう――。

コウガミは背を向けてしまったので、テンジンからは彼の表情がよく読み取れない。窓に映る影を見ると、彼はぐい呑みの酒に目を落とし、うっすらと微笑みを浮かべているようだ。その笑みが、果たして何かを隠すためなのか、それとも彼なりに辿り着いた納得のゆく結論なのかは、テンジンには計り知れない。

アラは強い酒だ。そして澄んでいる。その面には、ガラス窓とは違った何かが映るのだろうか。

テンジンは手のなかの本を見る。そして考える。そこに込められた意味を。あるいは運命とやらを。

「コウガミは……」

顔を上げた。問いを投げた。すぐそばにある背中へ。そして窓に映るうつむき加減の影に。

「日本で復讐をしたのね？」

訊いてしまった。

そうなると、もう途中で止めることはできない。

「……ああ、そうだ」

呟いた。そして歩き出し、窓辺に腰かけた。顔は横を向けたままだ。視線を合わせてくれない。

「……復讐をしたよ」

彼は認めた。

復讐をしたのだ。物語の実之助とは違って、彼は罪を赦《ゆる》さなかった。

仇討ちを、果たした。

「それなのに、私が戦場に出ようとすると嫌がる。銃の撃ち方だって、教えてくれない……」

無意識にうつむいてテンジンは言った。

テンジンはふと意識する。彼の頸には、まだ包帯が巻かれている。

その下の傷は、テンジンの頸に残る痕と同じ位置にあるはずだ。レドゥン駅での戦闘で被った負傷。もしかすると、死んでいたかもしれなかった。コウガミは敵を殺さず、見逃そうとした。そのせいで殺されそうになった。

「それとこれとは別の話だ」

「同じだよ……、同じ――」

だだをこねるような調子になってしまった。自分でもがっかりした。

コウガミは何も答えない。答えに窮しているのではなく、そもそも会話をする気がない。

時折、すぐそばにいるはずなのに、コウガミは遠く離れた場所にいるように、突き放した態度を取る瞬間がある。そんなとき彼はここではないどこかを見ている。そして、ある日突然、ふらりといなくなってしまうみたいで――

「私は……、コウガミを手伝えるようになりたいの」

こんなにも強いひとなのに、想像もつかないくらいに虚ろなものを秘めている。

消えてほしくない。いなくなってほしくない。

「あんなことが……、もう起きないように……」

レドゥン駅の戦いが終わって、血まみれになっていたコウガミを思い出す。もう二度と目を覚まさないんじゃないかって、本当に恐ろしかった。抱きついた身体は、鋼のように硬かった。お父さんやキンレイ叔父さんとも違う。戦うことを生業にしてきた人間の肉体だ。刻まれた傷痕の数だけ、死と隣り合わせの戦場を潜《くぐ》り抜けてきた。いつ、失われるかもしれない。そんな危うい生き方を、このひとはしている。そんなふうにしか、このひとは生きられない。

だから、自分も、同じように銃を手にして、戦えるようになりたくて――

「おまえにはまだ撃つ覚悟も、撃たれる覚悟もできてはいない」

コウガミは急に怖い顔をして、睨んでくる。厳しく断じる。

お前には無理だ。覚悟がない。

そんなことない。覚悟だったら、とっくに――

「……できてるよ！」

立ち上がって抗議した。たとえコウガミでも、コウガミだからこそ、許しがたかった。

そもそも彼女は最初から言っていたはずではないか。復讐のための先生になってくれと。

なのに――

「嘘をつくな」

たしなめるように言ったコウガミの言葉は、穏やかで、大人だった。

今までのどの瞬間よりも、彼が「先生」なのだと示されたみたいで、テンジンの勢いは、その優しいひとことに迎えられた途端、完全に打ちひしがれてしまっていた。銃を手にしたいと思ったのが、コウガミと一緒に戦うためではなく、ただ、このひとに認めてほしくて、親の気を引きたい子供みたいな振る舞いだったと気づかされて――

悔しい。噛み締めた奥歯が鳴った。

「とにかく、まだしばらくは訓練だ」

そう告げてコウガミは、窓の外へ眼を転じた。そしてつけ加えた。

「今日はもう寝ろ」

いたわるような言葉つき。やっぱり子供扱いだ。なのに反発する気持ちにはならなかった。

テンジンは無言のまま本を手に取り、寝室へ向かった。

廊下へのドアを開けると、呼びかけられた。

「歯磨き忘れるなよ」

「うん……」

自然に答えられた。それはすでに日常のやり取りだった。

言われなくてもわかってる。そんなふうに断ち切ることだってできるのだけれど。

でも、そうはせず、静かにドアを閉めた。

第二章 紫煙と秘蝶《ひちょう》

その日の深夜——

狡噛は終い湯を使った後、中庭に独り出てタバコを吸っていた。

月はまだ空にあり、惜しみなく降り注ぐ光が辺りを濡らしている。

が、今の狡噛は空を仰ごうとはしない。そんな気分にはなれなかった。家畜小屋の囲いに深く腰を下ろし、自分の足元に落ちる影ばかりを見つめていた。

火のついたタバコは、口元ではなく右手にあり、地面近くに垂らされて細い煙を立ち上らせている。

「何か考えごと?」

フレデリカが言った。いつの間にか現れて、すぐ近くに立っていたらしい。

狡噛は顔も上げずに答えた。

「タバコうまいな、と」

「それだけじゃないでしょう」

歩み寄ってきて、間合いを取って立ち止まる。

その距離感は節度でもあったろうし、また彼女からの誘いの隙でもあるのだろう。

もう一歩踏み込めば、格闘の間合いになる。

しかし今の位置関係なら、ふたりの間を行き交うのは言葉に限られる。傷つき傷つける可能性を孕みつつも、ひとまず命のやり取りは望まないし本意でもない。そういうシグナルだと狡噛は受け止めた。

「……遠くまで来た」

狡噛は言った。思いつくままの素直な感慨だった。

「まるで日本での事件が夢だったみたいだ」

「……確かに遠い」

応えてフレデリカは、傍らの白壁にもたれかかった。

「でも、結局あなたは、同じところをぐるぐる回ってるんじゃない？」

「なに？」

深く吸ったタバコの煙を吐き出して狡噛は、低く問い返した。

女の横顔が、彼の視界の真ん中にある。眼を閉じてうつむいている。思いを馳せているようでもあるし、謎をかけているようでもある。

フレデリカの狙いが何なのか、狡噛にはまだ確信が得られていない。

しかし命を救われたのは事実だ。恩義がある。

何を言いたいのか知らないが、聞こう。話すつもりがあるのなら。そう思って待った。

やがて彼女は顔を上げ、月光を受けながら言葉を発した。

「どこに行こうが真実が見えていない。いるべき場所、必要としてくれる人間から眼を逸らし、逃げているだけ」

手厳しい言い草だ。しかし一面の真実を衝いている。

「日本を出て……中国、香港、台湾……、そしてSEAUn――」

狡噛はタバコの煙を深々と吸い込み、ゆっくりと吐いた。

「SEAUnのことはあんたも知ってるんだろう？」

「ええ」

〈シビュラシステム〉の管理下にいるのが嫌になって、国外逃亡をしたのに、結局、いつもどこかで〈シビュラシステム〉と関わりを持ってしまう。罪を犯した自分が、裁きの天秤《てんびん》からはどこまで行っても逃げられないと言わんばかりに。

「あの後も、どこへ行っても同じだった。ベトナム、ミャンマー、インド……。戦いの連続で、道具として歓迎され、俺はその扱いを受け入れた」

タバコを始末して立ち上がる。まだ湿り気を帯びた髪を拭いながら歩き出す。

「でも、テンジンを訓練し始めて気づいた。――この子には、俺のようになってほしくないと」

いったんフレデリカの前を通り過ぎようとして、しかし狡噛は足を止め、彼女のほうを顧みた。

「このままじゃいけないと、久しぶりに思ったよ」

フレデリカは無表情に受け止めた。予想通りの反応だった。

が、庭の隅に丸まって寝ていた野良犬が顔を上げたのには、狡噛も少し驚いた。そう高い声で話していたわけではない。強い気を発し合ったわけでもない。なのに、あの愛嬌者《あいきょう》は野性を呼び覚まされ、何ごとかと様子を探っている。ことあらばどうするつもりなのかはわからない。飛んで逃げるのか。それとも駆けつける胆《はら》なのか。

いずれにせよ、彼は自分で思っているよりも、よほど本気になっているらしい。

奇しくもその頃、テンジンも眠れずにいて、ベッドのなかで眼を開けていて――

すっ、と伸ばした両手で、銃を構える格好をして――

窓辺から射す月光のなか、幻の標的へ向け、仮想の引き金を引いて――

狡噛は、汲《く》み置きの水を満たしたバケツを、石焼き場の残り火の元へ運んでいく。日常のひとコマだ。彼自身が望んで引き受けた。火の後始末は、人任せにはしたくない。

黙々と務めを果たす狡噛を、フレデリカは腕組みしたまま眼で追っている。彼女は母屋から石焼き場へ、狡噛を追いかけて移動してきていた。

「昔から言うでしょう？　花は根に、鳥は古巣にって」

またしてもフレデリカは謎めいたことを言う。

花は根に、鳥は古巣に。花が散って土へ還るように、また渡り鳥が季節ごとに古巣へ戻ってくるように、人は皆、元いたところへ戻っていく――そんな意味の古くからの言い回し。

確かいくつかの和歌の詩句《フレーズ》としても織り込まれていたはずだ。

たとえば「花は根に鳥は古巣に帰るなり春のとまりを知る人ぞなき」――『千載和歌集』に収められた崇徳院

の歌だ。ひとたびは帝となり、しかし乱を招き、ろくな死に方をしなかった男の歌。魔物になったとの伝説もある。

そんな逸話を知ってのことかどうか、フレデリカは喩《たと》えに引いて、囁き声で続けた。

「……あなたの感覚は正しい」

「そうは言われても、俺は日本に戻れば殺されるんだぜ？」

まだ赤熱の名残を抱えた焼け石に、バケツの水を一気にかける。音を立てて湯気が上がる。

「いずれ状況は変わるかもしれない」

石焼き場の石壁にもたれたフレデリカが言った。狡噛は、彼女の隣へ並んだ。

「外務省が変えるのか？　それとも……」

眼を向けると、フレデリカはすっと視線を逸らし受け流した。

「……ま、別にいい。ただ、適当なことを言ってテンジンを惑わすのはやめろ」

「何の話？」フレデリカが不審そうに彼を見る。

「日本棄民の調査」ぴしりと打つようにその言葉をぶつける。「そんなものは表向きの口実に過ぎない、だろ？」

フレデリカは無言で顔を背けた。狡噛は呟きで追い打ちをかける。

「別の目的で動いてる……」

あえて決めつけてやったが、彼女は否定も肯定もしない。言質も取らせないつもりなのだろう。とはいえ、ごまかし通す気もないらしい。そうでないなら、こうまであからさまな態度は取るまい。

狡噛に裏を読まれるのはあらかじめ織り込み済みなのだ。

もう一服つけた。ガルシアからもらったタバコはまだたくさんある。

「……嫌なにおい」

憤然と言ってフレデリカは、煙を払いながら場所を移す。

「悪いな」

話は終わりだと思った。

が、彼女は風上へ移動して立ち止まった。そこには古い香炉《サンタプ》がある。家の裏手の仏塔《チョルテン》とペアになった、祈りのための場所。おそらくは日常の一部だった場所。狡噛はその仔細《しさい》を知らず実感も湧かないが、テンジンは今も祈りを捧げたりしているのだろうか。

フレデリカは日本から来た。狡噛と同様、この国の風物に連なるルーツを持つわけではあるまい。

だが彼女は、香炉の前で神託めいたことを語り始めた。

「心理学的に、ヘビースモーカーの男性は、幼少期に母親からの過剰な愛情を受けた可能性が高い。あるいは……」

「逆に、孤独が強すぎたか」

狡噛は、振り向いて続けようとした言葉を遮る。

「ええ」

「俺をカウンセリングしてくれるのか？」

野良犬は今、狡噛の足元にいて、すやすや眠っている。危険はない。おそらくは。だが――

「どういう根拠で？」

「……ノンバーバルコミュニケーション。人間は、言語以外にも様々なサインを発している」

講義でも行うような態度で語るフレデリカは自信に満ちていた。

狡噛はタバコを始末した。気圧されたわけではなかったが、どうにも落ち着かないのは確かだし、それに不味《まず》い。分析対象とされながらやる喫煙は嗜好ではなく検査に似る。

フレデリカは目線を外し、香炉の周りをゆっくりと歩き始めた。

「母親と聞いた瞬間、あなたは眉間に皺を寄せた。孤独と言ったときには元に戻っていた。もしかして、それは罪悪感？ 日本に置き去りにした母親が心配？ 少しは自分の身勝手な行動を反省しているとか？」

そういえば、母親とはもう何年も連絡を取っていない。不肖の息子ここに極まれり、だ。前にSEAUnで、常守がたまに顔を見にいってくれている、と言っていたことを思い出す。かといって里帰りをするには、狡噛はあまりにも遠くに来すぎた。

一周して香炉の陰から現れたフレデリカは、にっこりと笑う。

「……驚いたな」

呟いた狡噛の足元で、野良犬が起き上がった。不思議そうに鼻をひくひくさせていたが、ぱっと走った。

フレデリカはしゃがみ込み、じゃれついてきた犬と戯れながら言った。

「昔、私も雑賀《さいが》教室の受講生だったの」

雑賀譲二《じょうじ》。狡噛の恩師でもあったその人は、プロファイリングばかりではなく生き方も教えてくれた。卒業してからも世話になってばかりだった。槙島聖護を追いつめるため、公安局刑事課から脱走した自分を匿《かくま》ってくれた。そのせいで結果的に復讐の片棒を担がせることになった。

今はどうしているだろう。SEAUnで常守と再会したとき、彼は潜在犯として隔離されているが、刑事課の大事なアドバイザーを務めていると聞いた。

まだ、同じ立場にいるだろうか。フレデリカの口調からして、殺処分されたふうではない。悠々自適とはいえないにせよ、雑賀は生きているのだろう。生きているなら、人生はそう悪いものではない。

同刻――この国の東部は闇夜である。

険しい山道に差しかかったテクニカル群が、次々と停車した。

半ば凍りついた路上に放置された車両があった。それに通行を阻まれたのだ。

元々この辺りは治安が悪く、崖に張りつくように建っていた家々もほぼ無人となって久しい。付近にはパーツを奪われた車のシャーシが不法投棄され、積み重なっている。

車線を塞ぐように斜めに停まったその車も、そうしたスクラップのひとつかと思われた。

が、それにしては妙な点がいくつかある。

一見したところ欠けているパーツが見当たらないこと。

そして、テクニカルに分乗した者たちに見えないように、近くに潜んで様子を窺っている男がいたことだ。

男の姿が、通り過ぎるテクニカルのライトに一瞬浮かび上がってすぐに消えた。

真っ赤なリンゴをかじっていた。覆面はせず、素顔を晒していた。左の目元を中心に広い範囲が火傷の痕で引きつれている。一方の右眼周りから頸筋にかけて、深々とした傷痕がいくつも刻まれていた。それらは獣の咬《こう》傷《しょう》めいても見えたし、あるいは未踏の怪しい環礁のようでもあり、また互いの尾を食い合う龍《りゅう》の群れとも思われた。

異相――、一度見たら忘れがたい。

が、テクニカルに分乗した男たちは誰も気づかなかった。どの車の窓も、冷え込む外気との温度差で曇り、ほとんど塞がっていたに等しい状態だった。

そのうちの一台の窓が、内側から掌で拭われ、老いた男の鋭い眼が覗き込んだ。

〈紫龍会〉の頭目であった。歴戦の戦士が培った直感が何かを囁いたかのようだった。

「どうした？」

それが彼の末期の言葉となった。

突如起こった爆発は次々と連鎖した。〈紫龍会〉頭目を乗せたテクニカルは車体直下に仕掛けられた爆発物によって木の葉のごとく宙に舞い、取り巻きたちもまた残らず吹き飛んだ。

自動車爆弾《IED》。傷痕の男が仕掛けた罠だった。

後には燃え盛る業火だけが残った。

いや、もうひとつある。

今、身を潜めていた男は姿を現し、路面の真ん中に立ってしばらく炎を眺めていたが――

「身の程知らずが《ファンファロン》」

嘲笑うように言って立ち去る際に、投げ捨てていった物がある。

綺麗に平らげられたリンゴの芯だ。


「実はね？」

犬と遊びながら庭の端まで行ったところで、フレデリカは不意に言った。

「私つい最近まで、刑事課一係で監視官補佐として働いていたの」

「なに？」

また一本つけたタバコを手にした狡噛は、意外な話にとまどった。こいつが、よりによって刑事課一係で働いていただと。外務省と厚生省は敵対しているとは言えないまでも、人事交流なんて仲良しごっこをやるほど良好な関係を築いていなかったはずだ。それとも、何かが変わりつつあるのか。日本という国が、〈シビュラシステム〉が――

「外務省から公安局への出向」

フレデリカは切り株に腰かけた。この庭には昔、松の大樹が何本かあったらしい。今は切り株しか残されていない。

狡噛は庭の外れまで行き、街を眺めながら紫煙を吸い込む。

足元は石垣で、崖のように切り立っている。

その下から、不意に舞い上がった大きな蝶が狡噛の顔の前をよぎっていった。

見送って、ゆっくりと煙を吐く。

「刑事課一係……」犬を撫でながらフレデリカが言う。「あそこはただ優秀なだけじゃない」

眼下の夜景を列車が通り過ぎていく。

狡噛は黙って聞いている。

「監視官と執行官の壁を超えた、珍しいほどのチームワーク。そして、修羅場を抜けた人間特有の、凄みを感じたわ」

「常守朱の影響だろう」

狡噛は、肩越しに顧みて微笑んだ。

「あいつの人柄っていうのかな……あれがいいデカを集めるんだ」

一係の監視官だった狡噛が執行官に堕ちて、もうひとりの監視官だった宜野座《ぎのざ》には、目に見えて余裕がなくなっていった。いい面子《メンツ》が揃ってはいたが、ふとした拍子に軋みを上げることもよくあった。そこに、常守が新任監視官として着任した。

初めて会ったときは、子供みたいな奴だと思った。まだ学校に通っていそうな女の子。実際、彼女の価値観は、長年にわたって刑事をやってきた自分たちとはかけ離れたものだった。かといって、シビュラ社会で生きる普通の人間たちのメンタリティとも異なっていた。不思議な奴だ――。着任初日の出動で、常守は狡噛をドミネーターで撃った。意外とタフなメンタルをしているかもしれない。その予想は当たった。常守は短い間に、刑事としてとてつもなくタフに成長していった。

ＳＥＡＵｎで再会したとき、つい、「ここを生きて切り抜けたら、また俺を捕まえにこい」と言ってしまった。もし今、再び常守が自分の前に現れたらどうする？　あいつは俺を捕まえるのか？　俺はあいつに大人しく捕まるだろうか？　その光景がどんなふうになるのか、狡噛には想像もつかない。そのときが来るとしたら、彼女はどんな刑事たちを従えてくるだろうか。

常守、ギノ、六合塚《くにづか》、志恩《しおん》――かつて仲間だった奴らは、日本でどうしているだろう。

「みんな元気よ」

こっちの考えをまた読み取ったのか？　それとも社交辞令なのかは追及しない。

答える代わりに、深く吸った煙を吐く。去来する思いがある。いくつも、いくつも。

「それを聞くとすごく安心するが……」

月を見上げ、小さく笑う。

「あいつらのほうは、もう俺のことなんか忘れようとしているかもな」

「どうしてそんなふうに考えるの？　それは……あなたの願望でしょ」

風が吹いた。この国では始終吹いているが、なぜだか少しばかり手荒く感じられる風だ。

「あなたが、忘れてほしいんでしょ？」

フレデリカは狡噛の背後から言い募る。吹きつける風などものともせず、強い言葉を投げかけてくる。

「みんなに忘れてもらえれば、少しは自分の気持ちが楽になるから」

彼女は立ち上がり、狡噛の傍らに並んだ。悪びれた様子はない。

痛いところを突かれた気分。正直、フレデリカに言われるまで、常守たちとの再会をまるで想像しなくなっていた自分がいたことに気づかされた。心の防衛機制が働いたからだろうか。昔のことを思い出すと郷愁に罪悪感が混じる。それは棘《とげ》を呑むような感覚だ。苦しくて堪らないほどの激痛ではない。さりとて無視をすることもできないから忘れようとする。だが、それもまた別の痛みを連れてくる。だから忘却の痛みを自分から切り離そうとする。

痛みには強いつもりだったが、思いがけないところで自分の弱さを暴かれた。お前は本当は痛みに人一倍敏感なんだと突きつけられたような気分だ。

「きついね、あんた」

「よく言われるわ」

蠱惑《こわく》的な流し目で笑みを浮かべる。

さすがの狡噛も、こういうタイプを犯罪者以外で相手にしたことがないから、黙り込むしかなかった。

第一二章 モモとリンゴ

翌朝、日課のトレーニングを終えた狡噛は、キッチンの洗面所で軽く水を被った。

この国の水道水は飲用するにはリスクを伴うが、汗を流すには十分だ。山の湧き水を源とするため供給量は一定しないというが、この朝はたっぷりと使うことができた。

頸筋は、少し丁寧に撫でて洗う。包帯はもう巻かなくてよいだろう。傷跡も残らなかったようだ。

テンジンの気配はない。いつもならトレーニング後は食堂でぐったりしているのだが、今日は部屋に引っ込んだとみえる。そういえば狡噛の後について走るペースがいつもより遅かった。へばり気味らしい。昨夜はちゃんと眠れたのだろうか。

あるいは狡噛のペースが普段より速かったか？

自覚はなかったが、そういうこともあったかもしれない。昨夜のフレデリカとの会話でペースを乱されたのだろうか。だとしたら要注意だ。自分自身をスペック通りに制御し使いこなせる状態を保っていなければ、長く生き延びることはできない。

かけっ放しにしてあるラジオが定時のニュースを報じている。トップニュースは、今日から首都で開催される停戦協議についての話題だ。〈三部族〉の代表が国会議事堂に顔を揃え、〈停戦監視団〉のガルシア主導による交渉のテーブルに着く。

狡噛も、キンレイを手伝って周辺警戒に当たる手筈《てはず》になっている。私的な応援要請を受けてのボランティアだ。堅苦しい規則は強いられないとの約束だったが、多少は身綺麗にしておきたい。

が、どこか浮かれたような希望に満ちた気分は、次のニュースで吹き飛ばされた。

『昨日深夜に発生した爆発事件の続報です。死亡したのは、〈紫龍会《ツイロンフィ》〉のリーダー他八名。未だ詳しいことは判明しておりませんが、現在進んでいる和平交渉に影響が出るのは確実です』

――テロだ。いや、むしろ暗殺と言ったほうがいいのか。

では誰が？　どんな目的で？

顔を上げると、鏡の中に野獣がいる。危険の徴候を嗅ぎつけて警戒している獣が。

狡噛は、胡乱げにラジオを顧みる。

テンジンの私物だ。この家で暮らし初めて以来、キッチンに置かれている。自家発電用のハンドルがついたタイプ。あるいは彼女の父が日本から持参した品かもしれない。使い込まれて金属パーツに錆《さび》が浮いているが、性能面の問題はなく、音声はクリアだ。しかし伝えられるニュースの内容は不可解極まりない。

『〈紫龍会〉の指揮を受け継いだ新リーダーは、〈停戦監視団〉の主義主張に理解を示しています』

どういうことだ？　内輪揉《も》めか？　紫龍会の内部に路線対立があったのか？

だが仮にそうだとしても、こんな手は取るまい。後に禍根を残し、火種を抱え続けることになる。〈紫龍会〉が氏族であり血族である以上なおさらだ。裏切りへの報復は血を以て為され、根絶やし以外の結末はない。停戦と平和を希求する勢力が、そんな危険を冒すだろうか？

同刻、フレデリカは自室に籠もってノートPCを開き、モニター画面を睨んでいた。表示されているのは日本から南アジア地域一帯にかけてのマップ。紛争地帯にマーカーがポイントされ、それぞれの詳細データが参照できるようになっている。

が、彼女は細部へ分け入らず、全体の動向を眺めながら考え込んでいる。

やがていくつかのキー操作を行った。

マップ上に重なって表示されたのは、ガルシアの情報だった。プロフィールと経歴。もしくは戦績。停戦合意を「戦果」のひとつと考えるならばだ。データで見る限り、まさしく破竹の進撃と言えた。

そうした記述を辿るフレデリカの表情は、ひどく険しい。

〈停戦監視団〉――こいつらは、これだけの戦力をいったいどこから調達した？

少なくとも、紛争地帯を放浪しているうちに偶然手に入れられるようなものではない。

その出所は、踏み込めば帰ってこられないような泥の底へと繋がっている。

この日、首都レジムチュゾムは朝早くから時ならぬ祭のようなざわめきに包まれている。

首都中心部にある鉄道の駅前ロータリーには、普段から仮設テントで商いを行う者たちが集い、朝市の賑わいを繰り広げている。これ自体は日常の風景だ。

が、この日は同じ場所に軍隊が駐屯していた。駅前広場が〈停戦監視団〉の野営地として無償提供されたのだ。

先日のレドゥン駅襲撃事件を重く見て、拠点警備を兼ねての協力体制構築を図った判断なのは疑いない。

結果として、朝市の活気はよりいっそうの混沌を呈した。

店から店へと冷やかして歩く客には、かなりの割合で兵士が交じった。

市場と並んで張り巡らされた軍用テントでは、兵士たちが思いおもいに朝のひとときを過ごしている。戦闘糧《レーション》食を食べながら携帯端末のニュースをチェックする者、歯を磨く者、身繕いをする者。

道端に停車したハンヴィーの上では、ハッチから半身を乗り出した兵士がタバコを吸っている。吸い殻を無造作に捨てると、するりと車体へ潜り込んですぐに走り出した。すでに今日という一日は始まっており、彼もまたこれから会議場の周辺警戒に当たるのだろう。

見渡せばこの朝、駅前を行き交う車のほとんどが軍用車両だ。

いずれも命令系統に組み込まれ、それぞれの任務を背負い、配置された場所へと向かっているのだ。

むろん警備に駆り出されているのは〈停戦監視団〉ばかりではない。

同盟王国軍も、早くから所定の位置につき、あるいはこの後の任務に備えていた。

狡噛は、徒歩で駅前までやってきた。

せがまれて同行を許したテンジンが、普段通りの元気さで駆け回りながら、しきりにきょろきょろしている。

かと思いきや、急に走り出した。

「叔父さ～ん！」

彼女が向かった先には、レーションの炭酸飲料を飲んでいたキンレイが立っている。

「来たか。……って、テンジンも？」

「はい！」張り切って応える。「少しでもふたりのサポートをしたくって！」

今朝からの疲れた様子はまったくない。空元気かもしれないが、テンジンらしい振る舞いではあった。

キンレイは困った顔でテンジンと狡噛を見比べている。なぜ連れてきたんだと言いたげだ。

「直接、警備の仕事に就くわけじゃない」

狡噛が口添えすると、キンレイは諦めたように笑った。姪っ子の頑固さはよく知っているのだ。そのまま歩き出し、配置の場所へまっすぐ向かうらしい。

「あ！」

テンジンが立ち止まり、ぴょんと後ろへ跳びのくようにして言った。

「ちょっと忘れ物があるんで、取ってきてもいい？」

「ああ」

狡噛が応じるや否や、踵を返して駆け戻ってゆく。やけに急いでいる。それほど大事なものを忘れたのか。

キンレイが腕組みをして、やれやれと言いたげに見送っている。保護者としてはそうも言いたくなるのだろうが、彼は両手のそれぞれにレーションと清涼飲料の空容器を持ったままだったので、あいにくあまり頼り甲斐《がい》がありそうには見えなかった。

議事堂前に到着すると、キンレイは上官のところへ行き、地図を睨みながら打ち合わせを始めた。受け持ち区域の確認や有事対応の段取りなど、確認すべきことは多いのだろう。

狡噛は少し離れたところで待つことにした。

ちょうどいい木陰があったので、そこに佇み、道沿いの手すりにもたれる。ついでにタバコをくわえる。禁煙のルールは知っていたが、停戦監視団の兵士たちは誰も守っていなかったし、咎める者もない。実際、狡噛も黙認された。彼もまた兵士のひとりとして数えられているのだろうか。何にせよキンレイに迷惑がかかってもいけないから、多少は控えようと思わないでもない。

議事堂の前を通ってどこかへ向かおうとしていたハンヴィーが、狡噛の前で停車した。なかから誰かが降り立った。車はそのまま走り去り、後にはタバコを手にした男が残された。

「よう、狡噛」

「ガルシア」

狡噛は煙草を掲げた。彼からの贈り物のおかげで、だいぶ具合がいい。

相手はくわえ煙草でニヤリと笑い、狡噛の右隣に並んだ。飾らない仕草。常と変わらぬ振る舞い。たいしたものだと思った。今日、これから始まろうとしている一大難事業の主役と言ってもいい男が、気負いも見せず街角で寛いでいる。

「あんたは本気で平和を作り出そうとしてるんだな」

「国連なんてものがなくなって随分時間が経つが、うちはそのときの理念を受け継いで活動してる」

「……実現可能なのか」

少なくとも、狡噛には、その具体的なビジョンを思い描くことはできない。戦術顧問として多くの紛争に参加したが、局所的な勝利を得ることはできても、恒久的な平和を実現させたことはない。秩序の回復は政治的レイヤーにおける問題解決を為さなければならない。そして、狡噛には政治ができない。性格的に向いていない。

「人を殺しながらも、どこかで人を信じてる」

そう言ってガルシアは目を上げた。

会議に向かう車が検問を受けている。金属探知機と爆発物探知犬を使ったクロスチェックだ。

皮肉な構図だ。人を信じる話をしながら、人を疑い調べざるを得ない現場に立ち会っている。

ガルシアの口調に親しみが籠もった。

「おまえもそうだから、ゲリラに情けをかけ、死にかけた」

仲間同士の軽口として言っているのはわかる。おまえも俺も同じだ、と。

だが狡噛は、笑い返すことはできなかった。

「俺の甘さで……人が死んだ」

見逃してやるつもりで、結局、あの少年兵を殺させた。自分の命を生き永らえさせるために。

「死んだ人間は帰ってこない」

ぴしゃりと言ってガルシアは顔を上げる。木洩れ陽を受けながら彼は言葉を継ぐ。

「生き残った人間の仕事は、前に進むことだけだ……」

進む。前に。

眩い言葉だった。

結果的に日陰ばかり選ぶ格好で旅を続けてきた狡噛である。

ともすれば、どちらが前なのかさえわからなくなることもある。身体は前を向いて進んでいるつもりでも、心はずっと後ろに向かってしまうことがある。それはつまり過去のために生きていくということ。生きているようで死んでいるようなものだ。

けれど、まっとうでありたいとは常に願っている。

ガルシアのポケットで着信音が鳴った。彼はすぐに携帯端末を取り出し、短く応じた。

「ああ。……わかった。すぐに行く」

そして、この男もまた同じ思いを抱いているのだろう。

そう信じたかった。

「いよいよだ。ようやく和平会議に漕《こ》ぎ着けた」

端末を仕舞ったポケットから、入れ替わりに携帯灰皿を出し、タバコを始末する。そして、その灰皿を狡噛に手渡してよこした。散らかすなという意味だろう。ありがたく受け取る。

「同盟王国政府から正式にGOが出た。〈紫龍会〉、〈南アジア独立軍〉、〈ヒマラヤ山岳猟兵連隊〉のボスたちが、ここレジムチュゾムで一堂に会して和平会談を行う。いよいよだ。粘り強く、紛争を解決に導いてみせる」

そう言い残して歩き出した男の背に、狡噛は声を投げた。

「〈紫龍会〉のボス。この前、路上爆弾《IED》でやられてたよな」

「……ああ」

足を止め、背を向けたまま応えた。そして狡噛を顧みた。落ち着いた表情で、悼むように言った。

「これで少しは……いい方向に風向きが変わることを祈りたい」

手を振って去る後ろ姿が、木洩れ陽の薄暗がりから冬の陽射しのなかへ出ていく。

狡噛は木陰に佇んだまま無言で見送った。

その頃テンジンは、独りきりで家に戻り、コウガミの部屋へ忍び込んでいた。元より鍵などないから簡単だった。

忘れ物を取りに来た、わけではない。

嘘をついた。心に小さな棘が刺さったように、胸が疼《うず》く。

貴重品入れの木箱をそっと開き、中身を確認する。

鈍い銀色に輝く拳銃を手に取る。

ずっしりとした重みを確かめ、安全装置の見当をつける。弾が入っているかどうかは確かめなかった。手順に自信がなかったし、コウガミならそのままにしておくだろうと思った。レドゥン駅へ出かけるとき、彼はいちいち弾なんか込めず、これだけ摑んで飛び出していったはずだ。すぐ使えること。それが彼の心得なのだ。

ならば、テンジンにだって同じことはできるだろう。

同じように戦えるのだと証明する。正しいことのために戦う力。その覚悟が自分にはあることを。

「私も、みんなを守る」

呟いて、キラの懐へ押し込んだ。そして走った。キンレイ叔父さんが待っているだろう。

もちろんコウガミも。

停戦交渉の場となった国会議事堂は、この国の公的機関が軒並みそうであるように城《ゾン》であり、俗世からはみ出すような聖性を帯びた空間だ。

交渉が行われる会議場も、歴史ある王家の政庁としてふさわしい華麗さで彩られてはいたが、装飾には宗教的伝統が色濃く反映されていた。

一方の壁には巨大な仏画が描かれ、来世の救いを希《ねが》う世界観を表している。

だが今日この席に連なった〈三部族〉の代表者たちは、現世を生きるためにやってきた。

今、部屋の四辺と並行する形で配置されたテーブルには、それぞれの派閥が一辺を占めて着席している。

北側には停戦監視団の面々がいる。

その中央、議長席に着いたガルシアが、おもむろに立ち上がった。

「『握り拳で握手はできない』……遥か昔の賢人の言葉だ」

偉大なる魂《マハトマ》と讃えられたその男に、どこか似た風貌を持つガルシアは、議場に掲げられた神秘的な山の絵を背負って室内を見渡した。

「我々も、今日ここで武器を置き、平和への一歩を踏み出しましょう」

仏画を背負って居並ぶ〈南アジア独立軍〉は、かの賢人の真理への希求《サティヤーグラハ》を継いでくれるだろうか。

正面の席で、何か言いたげにしながらも沈黙を守っている〈ヒマラヤ山岳猟兵連隊〉の面々はどうか。

いずれも表情は険しく、議場の空気はとげとげしい。

かれらの敵意は、窓を背負って東側の席に座る〈紫龍会〉一党へ向けられていた。

惨劇から一夜明けたばかりだが、〈紫龍会〉側に動揺は窺えない。新たな頭目の下で結束し、逆光のなか、他派閥への敵意を剝き出しにしている。

これから話し合われるはずの和平交渉とは程遠い雰囲気であったが——

「では、始めましょう」

ガルシアは、満足げに宣言した。

午後遅く、会議はいったん休憩に入った。

そのことを狡噛は、議事堂正面の大階段で知った。彼はキンレイとともに立哨として、朝からそこで警戒に当たっていたのだった。

テンジンもそばにいる。私服だが、同盟王国軍の制帽だけは頭に載せている。さすがに彼女は兵士扱いはされず、普段着のキラのままだ。変化のない張り番に飽きたのか、階段脇に腰かけて足をぶらぶらさせている。

と、急速に近づいてくるざわめきの気配に、テンジンは緊張し背筋を伸ばした。

〈三部族〉の代表者たちがどやどやと階段に姿を現した。一斉に会議室を出て、それぞれの宿舎へ戻るところらしい。会議が終わったわけではないのは、かれらの雰囲気ですぐにわかる。

〈ヒマラヤ山岳猟兵連隊〉の参謀格らしき男と女性指導者が鉄道利権について話している。豪奢《ごうしゃ》なターバンを巻いたマハラジャは、随員というより家臣と呼びたくなるような老人にガルシアの居場所を尋ね、〈紫龍会〉を受け継いだらしき奸雄《かんゆう》然とした男は手下たちに檄《げき》を飛ばし、交渉条件の再検討を命じている。

それぞれが重視する権益について話しているらしい。それぞれの部族が異なる言語を使っているためか、互いに声を潜めることもない、堂々としたものだった。

狡噛には問題なく聞き取れたし、キンレイとテンジンもまた同様らしい。もともとこの国ではいくつもの言語が用いられており、耳に馴染みがあったのだろう。

「この様子だと長引きそうだな……」

去っていく代表たちを見送って、キンレイがぼやいた。

狡噛も同じ感触を持っている。とはいえ、それで当然のことだとも感じる。元より今日一日ですべて片がつくような問題ではあるまい。今のやり取りからすると、まだ利害の調整は合意に至っていないようだ。

だが、少なくとも、この交渉が続く間は、停戦状態が維持される。

ガルシアの行動は、すでに明確な成果を出し始めている。それは、より大きな平和の獲得に繋がっている。

テンジンが狡噛を顧みて明るく言った。

「停戦交渉が終わるまでは、訓練もひと休みだね」

「悪いな。だが、間違いなくこの国のためになる」

「うん！」

ぴょんと跳んで階段から地面へ下り立ち、狡噛たちを顧みた。

「ねえ、私にできることはある？」

「腹が減ったよ」キンレイが笑う。「なんでもいいから買ってきてくれ。金は出すから」

「うん！」

受け取った財布をキラの懐へ収める。今日は正装のラチューを身に着けてはいない。てっきり、さっき忘れ物を取りに戻ったときに持ってくるのだろうと狡噛は思っていたが、違ったようだ。

本来ならゾンに入るときはきちんとした身なりでなければならないはずだが、狡噛だってデニムのジャケット姿だ。会議の間は、しきたりは二の次という扱いになるのだろう。

「狡噛は？」

テンジンが眼を輝かせて尋ねる。何か買ってこようかと聞いているのだ。財布はキンレイの物だから、彼の奢りになるのだろうが、遠慮して安く上げるような分別はなさそうだ。

「……なら、同じものを」

「わかった！　じゃあ、すぐに戻るね！」

敬礼し、走り去っていく。議事堂前に幾段も作られた段差を、皆ひとっ跳びに越えていった。身軽だ。バランス感覚もいい。トレーニングで組み手をするたびに、狡噛はテンジンの機敏さにはっとさせられることがある。もし、日本に生まれていたら、〈シビュラシステム〉の適性診断によって、アスリート方面の才能を見出されていたかもしれない。あるいは、歌や踊りが好きだから、シビュラ公認アーティストというのも有り得る。

そこまで考えて狡噛は、俺は何を考えてるんだか、とあきれた。まるで子供の将来に一喜一憂している親バカみたいじゃないか。

「どうだい？」キンレイが狡噛を見た。「あいつ、才能あるかな？」

何だか、同じことを考えていたらしい。

が、その言葉の示すところは、少し違う意味を帯びている。

「……兵士としての？」

「ああ」

ふたりとも苦笑いを浮かべていた。冗談にしても、こんな話はしたくはない。だが、いずれきちんと話をしておく必要はあった。テンジンは身体能力が高いし、責任感も強い。度胸だってある。感情が先走って突っ走るのは減点だが、その能力の多くの部分が、兵士に求められる条件に合致していることは事実だ。

だが。

兵士としての才能——。簡単には言えないことだが、つまるところ人殺しができるかどうかにかかってくる。

そんなものは。

「ないほうがいい」

テンジンは優しい。彼女は家族を愛し、故郷を愛している。村を焼かれ、内戦が続く国で育って、それでも失われなかった健やかな優しさは、生来の性質《たち》だろう。それは何にも増して代え難い才能であり、そして多くの人間が生きていくうちにいつしか失ってしまうものだった。

「そうだな……」

キンレイは腕組みをして、もうちっぽけにしか見えないテンジンの後ろ姿を眼で追う。

これから自分が口にするのは、彼女の生きる理由を否定することにも等しい。

「俺は、あの子に復讐なんてやってほしくない」

「同感だ」

だが、口にせざるを得なかった。心から出てきた想いだ。キンレイも同じことを考えているに違いなかった。

狡噛は、制帽を脱ぐ。風がそよいでいる。

「……俺のようになったら終わりだからな」

「そんな……」

キンレイが言葉を失う。少し意地悪な言い方をしてしまったかもしれない。だが、テンジンやキンレイには見せていないが、狡噛慎也という男は、ここに辿り着くまでに多くの人間を殺している。日本で槙島聖護を殺したとき、〈シビュラシステム〉の裁きを無視して、自らの意志で引き金を引いて以来――、銃を手にするたびに引き金がどんどん軽くなっていった気がする。必要のない殺しはしない。だが、必要のある殺しとは何だ？　日本にいた頃、多くの犯罪者を相手にしたが、すぐに撃ち殺したりはしなかった。それが紛争地帯を転々としているうちに、襲ってくる敵兵がいれば反撃し、射殺する。かかる火の粉を払っているうちに、殺人のハードルはいっそう低くなっていった。

狡噛はキンレイを後に残したまま数歩進み出て、テンジンの赤い服が駅前の雑踏へ交じってゆくのを見送る。

「人を殺していると、慣れてくるんだ……。そのうち、何のために自分が生きているのかも、よくわからなくなってくる」

場所が変われば法律も変わる。日本と大陸では、命の価値も違う。それはそうだ。しかし、それでも命が命であることは同じじゃないか？　対峙《たいじ》する相手の命が軽くなれば、自分の命も軽く扱うようになってしまう。そして、生きているのか死んでいるのかもわからない存在が希薄な、空気に溶けてしまうような曖昧な感覚に陥っていく。いつ終わるともしれない無頼の生き方が身についてしまって久しい。
ろくな人生じゃない。まっとうでありたいと思ってしまうのは、つまり、自分がろくでなしだと自覚してしまっているからだ。

「狡噛……」

後ろから聞こえてきたキンレイの呟きが重い。人のよい男だ。きっと沈痛な面持ちをしていることだろう。気の毒なことをした。余計なことをしゃべりすぎてしまったようだ。キンレイはきっと気に病むだろう。

狡噛は自嘲の笑みを浮かべ、口を噤《つぐ》む。

このままではいけない。それはよくわかっている。

だからといって、そのことを誰かに明かし、背負わせてはいけない。

これからどうするか。どう生きるのか。

決めるのは、狡噛自身だ。


テンジンは頬を染め、市場の雑踏のなかを歩いている。

古くからある場所だと聞いている。しかし昔とは異なり、多くの難民が流入して店を広げているため、賑わいは増しているらしい。テンジンにとっては聞きかじった話であり、伝説の域を出るものではない。ただ目の前に広がる色とりどりの品々と、それらを広げた人々、そして行き交うたくさんの客だけが実感を伴って彼女を魅了した。

ここには人の営みに欠かせないものがあり、巧みに誘惑してくるものもまた多い。欲求と満足と渇望と飢餓が互いを追いかけ渦を巻いて踊っていた。圧倒的な迫力だった。

警官が拡声器を手に呼びかけている。

『避難民の方は役所に一時滞在許可だけ申請してください！』

ふと視線を感じ、テンジンは立ち止まる。

避難民とおぼしき少女がこっちを見ている。幼い弟を抱き、子守りをしているらしい。近くに親らしき姿は見当たらない。くすんだ色の服。垢《あか》じみた姿。しかし瞳には強い光があった。

怒りの光だ。テンジンにはわかる。かつての自分を見るようだったから。

『それがなければ強制的に隔離します』警官が呼びかけを繰り返す。『いいですか……』

テンジンには、少女を救うことはできない。今はまだ。

停戦交渉さえ実現すれば――

平和になれば――

懐に収めた荷物が重かった。それを確かめ、握り締めて、テンジンは走ってその場を去った。

いつか、きっと。祈りにも似た気持ちは強かった。

けれど今は、できることをするしかないのだ。


市場は二階建てになっている。プラスチックの屋根越しに降り注ぐ光が柔らかい。

ここまで荷を運び上げるのはひと仕事だろうが、軽食を売る屋台もたくさん並んでいた。

キンレイ叔父さんはまだしばらく警備に立つ。簡単に食べられてゴミの出ない食べ物がいい。テンジンは念入りに屋台を物色した。

やがてピンとくる店が見つかった。肉まんだ《モモ》。これなら簡単だ。片手でかじってお腹に収めてしまえばいい。

「これいくら？」

店主のおばさんが愛想よく答える。

「四つで二〇〇ニュルダムだよ」

お手頃だ。テンジンは紙幣を二枚渡し、ずっしりと重いビニール袋を受け取る。

「どうも」

袋を腕に提げると、温かな湯気が上ってきた。蒸したて熱々のモモが四つ。叔父さんとテンジンがひとつずつ食べて、狡噛がふたつ。ちょうどいい買い物ができた。ほくほくしながら財布を懐へ収め、頬にかかった髪を左手で何げなく払った。

そのときだ。

どこからか聞こえてきたのだ。

「ど《アム》、れ《ストラム》、に、し《グラム》、よ《ピケ》、う《ピケ》、か、な《コーレグラム》……」

テンジンは目を見開いた。

「か、み、さ《ブーレ》、ま、の、い《ブーレ》、う、と、お、り《ラタタム》……」

脳裏を炎が支配した。五感が地獄を再現した。熱い風。身を伏せた水田の泥の感触。血と死の臭い。何度も何度も何度も何度も蘇《よみがえ》ってきては彼女を捕らえて引きずり込む、あの悪夢。

「ど《アム》、れ《ストラム》、に《グラム》……」

その声は、背後から聞こえてくる。テンジンは振り向く。

「決めた《ピック》！」

大柄な男だった。フードを深く被っている。果物売りの店先に屈んでいたが、今、ゆっくりと身を起こした。その手には真っ赤なリンゴ。ひとつ選んで手に取ったのだ。

「全員だ！」とは言わなかったらしい。それはそうだろう。リンゴは睨み返したりはしない。もっとも従順だからといって、見逃してはもらえないのだ。

男はその場でリンゴにかぶりついた。フードの中に陽が差し込む。金髪が、白い肌が、光に映えた。けれどフードの陰に沈んだ目つきは暗く凶暴で。そして、そして目元には——深々とした傷痕。

改めて見ると正体のわからないその徴《しるし》には、しかし確かに見覚えがあった。

あの夜、覆面から覗いていた目元。照り返しを受け、闇に浮かび上がったその顔に、テンジンはずっとつきまとわれてきた。

でも今からは違う。

去っていくリンゴの男の後をつけながら、テンジンは確信する。

今度は彼女が追い詰める番なのだ。

私は実之助とは違う。私は——

第一三章　祈りと運命

今、高台に一台のハンヴィーがやってきて停車する。

無骨だが洗練されたフォルムの軍用車両。乗っているのはただひとり。その男は車から降り立ち、悠然とした足取りでチョルテンへ向かう。周りには目もくれず、約束の場所へ。

郊外の高台にあるチョルテン。里程標としても用いられる小仏塔だが、よく見かけるものとは様式が異なり、八角形の屋根の下は望楼《ガゼボ》のようになっている。

塔の中央には台座があり、かつては仏像でも置かれていたのかもしれないが、今は何もない。

空っぽの仏塔は、松林に囲まれた小高い丘のてっぺんで、無数のルンタに彩られている。五色の小旗は、朱く塗られた堂宇の頂部から四方八方へ張り渡されている。

少し離れたところにはダルシンも立ち並び、主人に付き添う従者のように控えている。

祈りの旗の群れ。それらはひっきりなしの風に打たれ翻り、積み重ねる功徳は果てしない。

ここからは王宮が見えた。むろん、すぐ近くにある国会議事堂も。いずれも遠い。

よほど目立つのは廃墟だ。建設途中で放棄された高層ビルの亡骸が前景に迫り、祈りの空間を圧して聳え立っている。あの剝き出しの鉄骨の間を潜って鳴る風は、功徳を嘲笑い穢すような響きを帯びるだろう。

だが、それでもここはいい国だ。故郷とするに相応しい。

男が歩んできた長い旅は、もうすぐ終わりを迎えようとしている。


曲がりくねった山道だ。リンゴの男は、着実な足取りで登ってゆく。やや前屈みの背が不穏な印象を与える。いつ爆発するかわからないものを抱え込んでいるかのような。

テンジンは距離を置き、様子を窺いながら追いかける。男の姿が曲がり角の向こうへ消えるたび、小走りに移動して一定の間隔を保つ。モモの袋は両手で抱え、なるべく音を立てないように気をつけているが、ビニール製の袋はわずかに触れただけでもかさかさと耳障りな不平を鳴らす。いっそ捨てようかとも思ったが、彼女にはできなかった。これはキンレイ叔父さんからの奢りだ。きっと狡噛も、お腹を空かして待ってる。

けれど、その前に、テンジンにはやらなければいけないことができてしまった。

奴はもう来ている――。古ぼけた祠の柱にもたれ、こっちを見ている。

そのことを確認するや、傭兵、ジャン＝マルセル・ベルモンドの胸にどす黒い怒りが渦巻いた。

ああ、わかっていたさ。いつだってこうなんだ。どんな険しい山であろうと、俺はえっちらおっちら歩いて登り、奴は最新鋭の装備で軽々と追い越してゆく。それが役目で、役割ってことなんだ。

ふざけやがって。

ジャン＝マルセルはフードを払いのけ、背筋を伸ばす。

「この前の襲撃はどういうことだ」

言葉とともに屑を投げつける。かじり尽くして芯だけになったリンゴ。いつもならすぐに捨てる。このためにわざわざ持ってきたのだ。奴の顔に叩きつけてやるために。

狙いは確かだった。が、奴はこともなげに手で受け止め、ぽいと捨てた。あからさまに喧嘩を売ってやったのに動じず、穏やかな表情を保って言う。

「完璧だったろうが」ガキでも諭すような調子だ。「何が不満なんだ？」

何もかもだ。何もかも。これまでのすべて。

今日こそは話をつけてやる。奴が今やってるヤマと同じように。

リンゴの男が荒い口調で言う。英語だったからテンジンにも難なく理解できる。

襲撃──とは、どうやらレドゥン駅での戦闘を指しているようだ。

「敵の反撃が想像よりもずっと激しかったぞ」

その声を遠く聞きながら近づいていく。高台のてっぺんはもうすぐだ。

「こっちの戦力の一割を失った……」リンゴの男は不満げに訴える。「この調子で火付け役を続けていくのは、無理だぞ」

誰と話しているんだろう？

身を潜めた叢《くさむら》は十分に深く、しかしチョルテンからはいささか遠い。会話の相手はリンゴの男の背に隠されてよく見えない。だが、軍人だ。見覚えのある軍服姿。叔父さんの制服とは違う。〈三部族〉のゲリラたちが誇りとするそれぞれの民族衣装でもない。

特徴のあるベレー帽。間違いない。〈停戦監視団〉の制服だ。裏切り者が交じっていたなんて。でも、なぜ？

あの人たちは、平和をもたらすために戦っていたんじゃなかったの？

激しく渦巻く疑惑に囚われ、身を固くする少女の嗅覚に――そのとき、馴染みのある匂いが届いた。

タバコの煙だ。狡噛が吸っているのと同じ銘柄。

まさか。

「そのぶんギャラは高くしてあるだろう？」

親しげに言いながら進み出てきた軍人が、リンゴの男と並び、その肩に手を置く。

「火消し役をやってる俺たちよりも、かなり多めに……」

言いながら、火のついたタバコを差し出す。回し服《の》みを勧めているのだ。仲間の証の儀式だ。

仲間。あのふたりが、仲間。いったいいつから？

そのうちのひとりは、リンゴの男。傷跡の男。テンジンの敵《かたき》。

そして、もうひとりの男は――ギレルモ・ガルシア。

「……言うことを聞かない〈紫龍会〉のボスを殺したのも、俺たちだ」

ジャン＝マルセルは、ガルシアが差し伸べたタバコを奪い取り、投げ捨てて踏みにじった。

「危ないことは全部、俺たちがやってる。これはフェアじゃないだろう！　ガルシア！」

ギレルモ・ガルシア――〈停戦監視団〉を率いる男は、落ち着いた表情を崩さなかった。眉の辺りに悲しげな気配が浮かんだようにも見えたが、そんなものは日頃から見慣れている。何が悲しいのか知らないが、こいつはいつも憂いを含んだ顔つきで考え込んでいる。

気に入らない。いつも、俺を馬鹿だと見下しているような目つきだ。

「何が望みだ？」

奴が尋ねた。交渉にかかるつもりだ。奴とその手下どもが看板に掲げる表芸、平和の請負人。武力によらず、言葉と理性で平和をもたらす。そういう触れ込みで長年やってきた。

だが実情はジャン＝マルセルが誰よりもよく知っている。

いわば彼は営業担当だ。紛争の絶えない世界中を回り歩き、平和のご用はございませんかと押し売り同然の商売をしてきた。

ありがたいことに、訪問した先で、ぺこぺこする必要だけはない。好き放題にやっていい。略奪グループを率いて、思う存分に銃を撃ちまくり、目につくものはすべて奪い去る。略奪が済んだら、丸ごと街を焼き尽くす。住人たちは皆殺し。血が滾《たぎ》ってしまったら、男も女も構わず犯しまくって、また殺す。村から村へ、街から街へ。紛争という名の火をつけて回っていく。

略奪と虐殺は混沌を生み、やがては周辺地域一帯を巻き込んだ内戦状態を引き起こす。誰もが疑心暗鬼に陥り、他人を信用できなくなり、武器を手にして殺し合うのだ。その最初のきっかけを作り、いい具合の火加減になるまで煽り立てる。それがジャン＝マルセル・ベルモンドの仕事だ。

すると「平和」の需要が生まれ、言い値で買おうと請い求めるようになるのだ。

納品担当はガルシアだ。ご用命ありがとうございます。平和ワンセットお届けに上がりました。

こちらは〈停戦監視団〉でございます――馬鹿馬鹿しい。平和の使者を気取っているが、その実態は、自ら解決するための紛争を往く先々で引き起こさせているマッチポンプに過ぎない。

畑を焼く者はいつも煤にまみれなければいけないのに、焼いた畑から収穫する者は涼しい顔で作物を独り占めにしていきやがる。いつだって、栄誉と名声はすべて奴のものだ。ジャン＝マルセル・ベルモンドは悪者。ギレルモ・ガルシアは英雄。

汚《きたね》え商売をしやがって。

だが、これからは――ジャン＝マルセルは野心に胸膨らませ、ともすれば丸めがちな背筋を伸ばす。そして高台の端へ歩み寄り、街を見下ろす。

「――俺が、表舞台に立つ」

宣言した。正当な要求のはずだ。彼がこれまでに為してきた仕事は、それだけの価値がある。

闇に葬られたその仕事を、今さらほじくり返して誇ろうとは思わない。

欲しいのは、陽の当たる場へ出られる境遇だ。

それさえあれば、きっと――

「同盟王国から成功報酬として、領地をもらえるんだろ?」

リンゴの男が下卑た口調で言う。

「そこに俺たちの城を建てろ」

兵士は――ガルシアは、テロリストの仲間は、何も言わず佇んでいる。

否定しないということは、成功報酬の話は本当なのだろう。

許せなかった。

「……裏の仕事じゃ、俺の顔を見た人間はすべて殺してきた。だからバレっこねえ」

胸を張ってうそぶくリンゴの男。太陽を見上げ、素顔を晒している。おぞましい顔つきをしていた。傷跡があるから醜いんじゃない。恥知らずだから、人の心を持たないから、だからあれほどに惨たらしく見えるのだ。

その顔へ向け狙いをつける。

コウガミの銃だ。

彼は日本で復讐をした。そのときに、この銃を使った。引き金を引いた。

〝コウガミは……日本で復讐をしたのね?〟――コウガミが復讐を果たした怨敵とは、いったいどんな人間だったのだろう。今、自分が目の当たりにしている男のような、おぞましい怪物だったのだろうか。

〝……ああ、そうだ。……復讐をしたよ〟――どうして、あんなふうに寂しい声だったのだろう。ずっと求めてきた復讐を果たしたはずなのに。

〝俺は復讐なんて、……命をかけるほどの価値はないと思っている〟――コウガミは復讐に意味などないと言った。けれど、間違いなく彼は命をかけて復讐をしたのだ。

両手で構えた拳銃は、重い。腕が戦慄く。銃口がブレる。

〝復讐の価値については……もっと強くなってから考えます。先生！〟――あのとき、自分は反論したくて、何も答えられなかった。いつか本当の答えを見つけて答えを聞けばいい。そんな気軽な覚悟だった。

けれど、考え抜いて答えを見つける前に、訪れてしまった。手を下す機会が。あるいは、手を汚すそのときが。

復讐する。

ずっと、そのために生きてきた。強くなりたかった。殺された家族の無念を晴らしたかった。

照星の先に捉えたはずの標的が、滲む涙に揺らいで定かではなくなる。

（あいつが……）

脳裏に思い描く。惨劇の夜の記憶を。

毅然とした父の姿を。

暴力に酔った怪物のざまを。

（私の家族を……！）

涙がこぼれた。構えた銃をそのままに、顔を袖へこすりつけて拭った。これでいい。視界はクリアだ。

探し求めた敵《かたき》は、彼女の前で無防備に立っている。

今だ。今しかない。こんな好機《チャンス》は、もう二度と訪れはしない。

なのに――解きほぐされた記憶のなかの光景が、テンジンの脳裏に、目の前の現実と区別が付け難いほどの圧倒的な情報量で展開する。集中力が殺がれる。意識が持っていかれる。

あの夜の、その後――

変わり果てた焦土の村を――

たった独り、ふらふらと歩いて――

折り重なった遺体の傍らを通り過ぎ――

帰り着いたはずの家は、完全に焼け落ちていて――

けれど――

焼け跡に――

たった一冊――

あの本だけが――

（……お父さん）

胸の内で呼びかける。答えはないとわかっていたけれど。

（どうして、この本を、私に残したの……？）

コウガミと話をして、長い間知らずにいた物語の結末を、復讐が為されないことを知ってしまった。

眠れない夜を越え、ざわめく胸を抱えたまま朝を迎え、やむにやまれず本を手に取った。

西向きの部屋だ。朝日は射さない。けれど明るさは十分だった。窓辺に座り、独りきりで読みふけった。

そこに何が書かれているのか。それはどんな意味を持つのか。一刻も早く確かめたくて。

だが、急《せ》いて読もうとするほど、文章を追う視線は滑り、そこに何が書かれているのかもわからなくなった。

答えを求めて本を読んでも、本は都合のいい答えは教えてくれない。

答えは——自分で見つけるしかないのだ。

そう——今、彼女の手には銃があり、討ち果たすべき敵《かたき》も目の前だ。

決めたのだ。果たさねばならない。

なのに、脳裏に蘇るのは怒りよりも、悲しみよりも、別の何かだ。

たとえばそれはコウガミの言葉だ。

〝一度撃てば、もう二度と人を殺す前の自分には戻れない〟——

あるいは、市場で見た少女だ。幼い弟を抱いた子。強い輝きを放つ眼をしていた。あの子は弟を守り通したのだ。それも、きっと自分の意志で。そんな気がして仕方がなかった。テンジンはあのとき、まだ幼かった弟の生死さえ確かめることはできなかったというのに。

あの子は、私に似ていた。テンジンは考える。もうひとりの私。違った運命を背負い、違う生き方をする。運命。そんなことをコウガミも言っていた——〝もし偶然に意味があるように感じたのなら……それは運命ってことにしておかないか？〟——抑えきれない嗚咽《おえつ》が溢れた。駄目だ。止められない。苦しいよ——。

けれど、耐えた。歯を食い縛り、深く身を折った。

そして抱き締めた。両手で構えていた銃を、まだ薄い胸へ押し当てるようにして。

「……おまえの腕力や指揮能力は高く買っている」

そう切り出すなり、ガルシアは、ゆっくりと移動した。日向から堂の裏の陰へ回り込んだところで足を止め、眼鏡を外す。そして、ジャン＝マルセルに背を向けたまま淡々と言った。

「だがな、ジャン。おまえは表舞台には向かない」

「なんだと！」

ジャン＝マルセルは激昂し、ガルシアに詰め寄ってくる。肩に手をかけようとする。そんなことを許すと思うか？

「いいか！ そんな舐《な》め――」

皆まで言わせるつもりはなかった。ガルシアは身を翻し、彼の腕を取ってひねりながら内懐へ躍り込んだ。鋭い打撃を喉へ叩き込む。ゴリッという感触が拳を通して伝わってくる。喉仏を潰した。ジャン＝マルセルは濁った音をたてて血を吐く。声は出ない。息ができない。そうなるように打撃を叩き込んだのだから。

そのまま腕をジャン＝マルセルの頸へ蛇よりも無慈悲に巻きつける。鋼より硬くロックする。ガルシアは、卓越した交渉屋だ。しかし、己の肉体を武器にする格闘術には、もっと長けている。

「短気は損気だぞ、ジャン」

耳元で囁く。背後へ回っているので、もはや互いの顔は見えない。穏やかに説き伏せてやるつもりだったが、ジャン＝マルセルは必死にもがいて縛めを振りほどこうとする。

刹那、ジャン＝マルセルの顔が視界に入った。恐怖に歪んでいる。ガルシアの虫でも始末するような冷ややかな目つきを見てしまったからだ。ガルシアは、もうジャン＝マルセルを仕事仲間とは思っていない。敵と味方の線引きは絶対のもので、ジャン＝マルセルという駒は、始末すべき敵のカテゴリーに移った。だから処理する。速やかに。

ガルシアの両手が、ジャン＝マルセルの頭を無造作に摑む。「平和」のために誰よりも多くの血を流させてきた男にとって、用済みになった傭兵ひとりを抹殺することに心は少しも波打たない。徹頭徹尾、剃刀《かみそり》のように冷酷に。

ごぎっ、と異様な音をたてて、ジャン＝マルセルの世界が傾く。

有り得ない角度で半回転した彼の頭を、すぐさま逆方向へ切り返す。

果物をもぐように、ジャン＝マルセル・ベルモンドの命を奪い去る。

ガルシアは背中を向けていた。だからテンジンの視界からは、その殺害の瞬間は隠されていた。

けれど、明確な音がした。銃声よりも鈍く、しかし慈悲深いとは言えない響きが。

命が消える音だ。

リンゴの男はぶざまに崩れ落ちた。仰向けに倒れた男の死に顔が、ガルシアの両脚の間から見えた。見開かれた眼が飛び出していた。もともと白い肌は、すでに土気色に変わっていた。

テンジンは、両手で自分の口を塞いだ。

嗚咽を、悲鳴を、いや呼吸さえも禁じるためには、そうする以外になかったのだ。

なのに、それだけでは足りなかった。

手のなかから銃がこぼれ、足元に落ちた。叢の土の上へ――

いや違う。

そこには袋があった。すっかり冷めてしまっただろう、モモの袋が。

かすかな、しかし耳障りな音がした。

戦士であるガルシアの鋭敏な知覚は、どんなに些細でも、不自然な音を見逃さない。

ガルシアは即座に反応した。

その場に膝をつき、愚かなジャン＝マルセルの死体を検《あらた》めるのを中断し、動きを止めて肩越しに顧みた。最小限の動き。つまり、最大限の警戒を払っている。

背後の叢に異状は見当たらない。

が、彼はナイフを抜き打った。

わずかでも疑念が生じたなら、すぐに払拭する。対処を施す。

躊躇《ちゆうちよ》と行動が選択肢に並んだとき、ガルシアは必ず後者を実行することにしている。

使い慣れた得物は一挙動で鞘《さや》から放たれ、一直線に飛んで叢へ消えた。

しばらく待ったが、気配に変化はない。

——考えすぎだっただろうか。

それならそれでナイフを回収しなければならない。

彼は叢へ分け入った。見当をつけて狙い打った辺りへ、慎重に近づく。

ナイフは見つからなかった。

が、何も見つからなかったわけではなかった。

饅頭《マントウ》が入った袋。ここらではなんと呼ぶのか知らないが、アジアから中東へ至る広い範囲で食べられている大衆的な軽食だ。触れてみると、まだかすかにぬくもりがあった。市場で買ったものだろう。

だが、それよりも注目すべきは、銃だ。

一挺の拳銃が転がっている。

見覚えがあった。

「……これは」

銀色に輝くRuger SP101——こいつを拾うのは二度目だ。奇遇にも程がある。

と、人声がした。訛《なま》りのある女性たちの会話。土地の住人だろう。

「大層な会議があるとかだなあ」

「これで戦争がなくなるとええんだが……」

「ほんまだなあ」

その声を後に聞きながら、ガルシアは立ち去った。銃は持ち帰ることにした。

よく調べれば逃亡の痕跡も見つかるだろうが、ここで人に目撃されてはまずい。新たな措置が必要になる。

ジャン＝マルセルの死体も放置する。ハンヴィーには積めない。

表の仕事の部下たちの元へ、裏の仕事の後始末を持ち込むわけにはいかない。

ギレルモ・ガルシアは、世界が二つの顔を持っていることを知っているが、その真実を知る人間はわずかしかいない。これまでも、これからも、そうでなければならない。

ガルシアが去った後——

血痕は、確かに容易く見つかったことだろう。

その跡を辿ることも容易だったに違いない。しかし、そうはならなかった。ただの偶然ではなかった。運命が、自分を生かしてくれている。その意志が、テンジンを支え、衝き動かした。

ナイフは左の脇腹に深々と突き刺さっている。

気を抜けば、もう二度と動けなくなる。それほどの激痛が絶え間なくやってくる。傷口を手で強く押さえ、圧迫して失血を食い止めながら、彼女は這いずるようにして移動を続けていた。段々と痛みに慣れそうになる。それがむしろ怖かった。この身体を貫く激痛を感じられなくなってしまったら、それが命の終わる瞬間だから。

時間はない。急がなければならない。

動けなくなる前に。

呼吸が止まる前に。

辿り着かなければならない。

伝えなければならない。

あのひとたちのもとへ――

血に浸されたかのように紅い夕暮れだった。

夜が近づき、市場では、営業を終えた店の人々がそそくさと帰り支度をしている。

人もまばらになった店先で、軍服姿のキンレイが尋ね人の情報を問いかけていた。

「女の子？」

「ええ。このくらいの背丈で……」

特徴はいくつもある。いくらでも挙げられる。キンレイは、テンジンを幼い頃から知っている。そう思っていたけれど、悲しいことに彼は口下手で、子供のような身振り手振りを演じることになってしまう。

尋ねられた相手も困惑するのか、反応は薄い。

「んー。悪いが見てないね」

「そうですか……」帽子を取って頭を下げる。「どうも」

なかなか戻らないテンジンを探しに出られたのは、勤務時間が終わってからだ。

市場まで軽食を買いに行き、戻ってくるまで、そう長い時間はかからない。それどころか夕方になっても姿を見せない。おかしい。何かトラブルに巻き込まれたのではないか。〈停戦監視団〉の到来によって、内戦が一時的に小康状態に陥ったとしても、レドゥン駅を襲ったゲリラのようなならず者は、街のあちこちに隠れ潜んでいる。

あの子が、そんな連中の手に落ちてしまっていたら――。

キンレイは慌ただしく周囲を見回す。

どんどん人がいなくなる。けれど昼間は、ここがどれだけ混み合うかキンレイも知っている。あの雑踏のなか、少女ひとりの姿を記憶に留めた人など、果たして存在するのだろうか。絶望という感情が、恐ろしく冷ややかに背筋を駆け上ってくる。

狡噛は、キンレイと手分けして市場のなかを探していた。

彼は諦めてはいなかった。

何があったにせよ、手がかりは必ず残されている。

テンジンは、ここへ来たのだ。

少なくとも狡噛は、この場所へ向かう少女の後ろ姿を見ている。

ならば、きっと見つかる。いや見つける。彼女へと繋がる痕跡を。

と——視界の端に引っかかるものがあった。

赤。テンジンのキラの鮮やかな色。

「キンレイ！」

怒鳴った。同時にテンジンの元へ走った。

少女は市場の隅でうずくまり、深くうなだれていた。血の臭いがした。側溝には赤黒い血が溜まっている。

「……テンジン！」肩に手をかける。温かい。命の温度だ。「何があった！」

「……コウ、ガミ」

薄く眼を開ける。顔は上げられない。囁き声を絞り出すのがやっとだ。それでも少女は言った。

「……家族の敵《かたき》を、見つけたの……」

「何!?」

しゃべるな、そう言おうとする前に、テンジンは必死に話し続ける。もう、ほとんど意識は残っちゃいない。

これだけは伝える。そう何度も何度も言い聞かせて、無意識に言葉を吐き出しているのだ。

「ガルシアが、仲間に、やらせてた……」

ふっ、とテンジンは眼を閉じた。意識を失ったようだ。

狡噛は、揺り起こして問い質そうとはしない。そんなことをする必要はない。目の前に証拠があった。少女の腹に突っ立ったナイフを、彼は知っていた。インドのコルカタ。酒場での乱闘。以前、命を救われたこともあった。このナイフの持ち主は――ギレルモ・ガルシア。他に有り得ない。

やっと駆けつけたキンレイが、愕然《がくぜん》としてその場に膝をつく。

「……おい！　どうした！」

動かないテンジンへ、震える手を差し伸べる。触れるのを恐れるかのように。完全にパニックに陥っている。

「早く車を！」

狡噛は怒鳴りつけた。その一喝で、キンレイの頭に少しは理性が戻ったらしい。何を為すべきかに思い至り、

怒鳴り返すように応えた。

「……わかった！　待ってろ！」

転げるように走っていく。足取りの乱れは混乱の証だ。まだ現実に何が起きたのか、きちんと認識できてはいないのだろう。

だが、それは狡噛も同じことだ。考えなければならないことはいくらでもあるのに、空回りしてまとまらない。信じられないことが多すぎた。

食い縛った歯の間から、獰猛《どうもう》な唸りが漏れた。

怒りが、理性と思考を引き裂きながら膨れ上がってくるのを止められない。

このままではいけない。

このままにしてはおけない。

だが、どうする？

いったい俺は――狡噛は考える――どうすればいい？


一方のガルシアは、夜が訪れた頃には、対策を終えていた。

レジムチュゾム中央駅付近の〈停戦監視団〉野営地は、突如下された命令により慌ただしく動き始めている。

〈停戦監視団〉の兵士たちは、ボスが下した「平和」のための戦闘に赴く準備を速やかに整えた。

「標的は狡噛慎也という日本人だ」

ガルシアが、ハンヴィーの通信機を手に、全軍への指示を送っている。

「奴が〈紫龍会〉のボスを暗殺したとわかった」

次々と発進する戦闘車両群。配置につく兵士たち。十分に訓練が行き届き、完全に統率され、士気も高い。命令とあらばただちに遂行する。

かれらの指揮官は、他ならぬかれら自身を守るために為すべきことを見定め、対処を取ったのだ。

「生かして捕らえればベストだが、殺しても構わん。すぐに見つけ出せ！」

兵士たちは、信じる「平和」のために、その秩序を脅かそうとする敵を撃つため、出撃する。

第一四章　風の馬を渡る

いつだってそうだ。俺がいる場所では厄介事が起きてしまう。そもそも、厄介事が起こりそうな場所に自ら向かっているのだから、その言い分は自己矛盾している。そんなことはわかっている。

それでも考えられずにはいられない。

どうして――、いつも死ななくていい奴が死ぬような目に遭うんだ。戦場を彷徨う死神がいるなら、真っ先に俺の首を刈りに来い。卑怯者《ひきょう》め。どうして――、テンジンが傷つけられなければならない。ふざけるな。

狡噛にとっては十分だった。

一通りの手当てを終えた頃にはすっかり暗くなっていた。テンジンの寝室に、灯りは蠟燭一本だけだったが、狡噛にとっては十分だった。相次ぐ戦闘によってライフラインが全滅した廃墟で、空から降る爆弾でいつ崩壊するかもしれない状況で負傷兵たちの手当てをしたこともある。少なくとも、空爆を恐れる必要はない。手先に集中しろ。

薄暗い視界のなかで、テンジンの薄い肉、滑る血の感触が両手を介して伝わってくる。まだ子供だ。本当に子供だ。戦う力なんてまるでない少女の身体を、どこぞのクソ野郎がナイフで切り裂いた。許さない。絶対に。

慎重にナイフを抜き取り、傷口の消毒を行い、止血と包帯を施す。応急治療キットに仕込まれた医療用ナノマシンも使用しているが、傷がかなり深い。状況は予断を許さない。

「病院へ、すぐに運んだほうがよかったんじゃないか？」

おろおろしながらキンレイが言った。狡噛は止血を終え、額の汗を拭いながら応える。

「状況を把握するまで、迂闊に動かないほうがいい」

キンレイの言う通り、本来ならすぐにでも病院に搬送するべき傷だった。だが、市内の医療機関は危険すぎた。おそらくガルシアはとっくに手を打っている。のこのこ出向けばたちまち情報が知れ渡り、追っ手が雪崩《なだ》れ込んでくるだろう。

あの男のナイフは、血染めのキラと一緒にテンジンの机の上に置いてある。すぐに後始末をしなかったため、刃には血糊《ちのり》がこびりつき固まっていた。

「ここもすぐに引き払うぞ」

テンジンが眼を開けた。荒い呼吸の下から、ひとつひとつ彫琢《ちょうたく》したように現れる、明瞭な言葉。

「ガルシアは……『火付け』と、『火消し』……自分たちをそう呼んでた……」

まるで火付け盗賊と岡っ引きが手を組んで盗品と手柄を仲良く山分けしているようだった。時代劇にだってここまで外道極まる悪党が出てきたりはしない。少なくとも、そういう外道の手合いには天誅《てんちゅう》が下る。白洲《しらす》に引きずり出されて裁きを受ける。そうでなくとも、正義の白刃が悪を切り裂くだろう。

だが、現実には真実を知った少女が蹂躙《じゅうりん》され、誰一人として罪人を糺《ただ》すこともない。ギレルモ・ガルシア。紛争調停の英雄。彼の〈停戦監視団〉は、今や王国ゆいいつの正義を執行する軍勢となって大手を振って闊歩《かっぽ》している。

なんて仕打ちだ。汚い仕事。正義を騙《かた》って遂行される大嘘。そんなものを、この少女は知ってしまった。

そうしてその醜い真実を、彼女は伝えようとしている。

家族の敵《かたき》を見つけた。復讐を誓ったその相手を、よりにもよって、この国に平和をもたらそうと謳う男が操っていた。

狡噛が、キンレイが、そしてテンジンもまた、あの男――ガルシアこそが英雄と信じて疑わなかったというのに。

痛ましかった。さすがの狡噛でさえ耐え難いほどに。

「……無理してしゃべるな」

だがテンジンは語り続けた。

「〈紫龍会〉のボスを殺したのも、ガルシア……」

それは怒りや絶望ではなく、自らの義務を果たそうとするかのようだった。

テンジンを止めることはできない。狡噛は理解した。言いたいことがあるのなら聞こう。そう決めた。

その意志が、彼女を支えたのだろうから。

伝えなければならないことがあるから、彼女は耐えたのだ。

これだけの傷を負って――

激痛に苛《さいな》まれながら――

狡噛たちが探しに来ることを見越して、市場へと帰ってきたのだ。そこならば〈停戦監視団〉と出会う確率も低いと考えたのだろう。賢い子だ。強い子だ。恐るべき使命感であり、断固たる意志だ。

そんな彼女の声が、苦しそうにうわずる。

「私……撃とうと、思ったけど、駄目で……」

「もういい！」キンレイが懇願するように「しゃべるな、テンジン！」

「お願い……」

絞り出した声が震えた。少女の瞳は潤んでいた。

「私のことで、交渉をやめないで……」

その言葉に、狡噛もキンレイも、言葉を失った。

――停戦交渉。

〈三部族〉の間の。王国の平和のための。

取り仕切るのは、ガルシアだ。

レドゥン駅での戦闘もガルシアの差し金だった。〈紫龍会〉の頭目の暗殺や、ひょっとすると、それ以外にも多くの内戦の火種をばら撒いてきたかもしれない。マッチポンプによる紛争解決を繰り返してきた男だ。本当の平和をもたらすことが狙いではあるまい。

それは欺瞞《ぎまん》にまみれた停戦交渉だ。偽りの正義がもたらす平和だ。

なのに、テンジンは迷いのない表情で言った。

「ガルシアは、悪い奴……でも……停戦交渉は、本物よ……たとえ偽物の、平和でも……争う、より……きっと、価値がある……よね？　先生……」

差し伸べられた少女の手を、狡噛は握り返す。強く、強く。なんて小さな手。細い指。だが火のように熱く、巌《いわお》を穿《うが》つ鋼の鏨《たがね》のように強い。

キンレイが涙を堪《こら》えかね、顔を背ける。

狡噛は、テンジンの手を握り締めたまま、ゆっくりと顔を近づける。聖者に礼を尽くすかのように。

誰がこんなことを口にできるだろう。自分の信じていた平和や正義というものが打ち砕かれ、討つべき復讐の機会さえも奪われて、自らも命を失いかねない傷を負わされてなお、テンジンは平和を望んだ。争いのない平和な社会がやってくることを願っている。

「……そうだな。おまえの言う通りだ」

空いている左手で、テンジンの頭を撫でる。いたわるように、慈しむように。

テンジンは、嬉しそうに笑った。もう無邪気な子供の笑みではない。それでも、どこか救われたようだった。

そうしてフッと息を漏らし、意識を失った。

ちょうどそのときだった。

突然やってきた車が、家の前に乗りつけた。ヘッドライトが窓から差し込み、薄暗いテンジンの寝室のなかをスキャンするように薙いだ。

狡噛は音もなく、獣のように立ち上がった。

どこの誰だか知らないが、お前たちは最悪のタイミングでやってきた。悪いが、今の俺は、ものすごく気が立っている。

ほどなく、玄関のドアが静かに開かれ、真っ暗な家のなかへ男がひとり忍び込んできた。

小銃を手にしている。明らかに兵士。それもゲリラ。

狡噛は背後から飛びかかった。奪い取った男の自動小銃で、相手の頸を絞めながら引き倒す。

同時にキンレイが飛び出してきて、男の顔へ銃口を突きつける。容赦なく制圧する。

「待った、待った……！」

男が喚《わめ》いた。そのどら声に聞き覚えがあった。

「……ツェリンか」

狡噛がまとう殺気が薄れた。道理でやけに騒がしい奴だと思ったのだ。格闘の一挙動ごとにヒキガエルのような声を立てるから、狡噛は素人かと疑ったほどだ。しかし、このひょうきん者なら納得がいく。この国へと送り届けられる道中で、車のハンドルを握った陽気な男は、ほとんどしゃべり通しだった。

そうでないときには口笛を吹いていた。あのメロディは何の曲だったのだろう。まだ思い当たらない。ひょっとしたらオリジナルだろうか——。そんなことを考えながら狡噛は、ツェリンの拘束を解いてやった。キンレイも銃を引く。しかしまだ警戒は解いていない。

「いったい、何がどうなってるんだ？」

ツェリンは床に倒れたまま腕組みする。狡噛に摑まれたところを痛そうにさすりながら眼をぎょろぎょろさせている。憤懣やるかたなしといったところだ。

「あんたが〈紫龍会〉のボスを殺したテロリストだと……？」

なるほど。ガルシアの野郎は、そういうふうに真実の筋書き《シナリオ》を作り変えたわけか。自分がゲリラと通じていた証拠を隠滅するとともに、不都合な真実を知っている厄介者を抹殺する。確かに、狡噛のような異邦人ほど責任を被せるために都合のいい存在もいない。

「おまえはそう思うのか」

問い返すと、ムッと顔をしかめた。組んでいた腕を解き、蝿でも払うようにひらひらさせながら言う。

「もしそう思ってたら、ひとりで来やしないって、旦那」

「わかった」

狡噛は助け起こしてやった。この男に嘘はつけまい。しかも善人で、正義感が強い。

そういえば、どことなく犬に似ている。

いったいどうなっている。〈停戦監視団〉を率いるガルシアは悪党であることは間違いない。だが、奴の率いる兵士たちは——どうにも悪党の集団とは思えない。世界のすがたがどんどん裏返しになり、不条理に支配されていく嫌な感覚。

ガルシアの放った〈停戦監視団〉の追っ手が現れたのは、それから間もなくのことだった。

戦闘車両を四台連ね、家へ雪崩れ込んで捜索している。

その様子は、窓から漏れる光の具合で遠くからもよくわかった。

狡噛たちは先手を取り、裏の古寺へ避難していた。

ツェリンも一緒だ。彼は銃を手にして警戒に当たっている。狡噛を信じ、つきあってくれるらしい。有り難いし、とても助かる。

狡噛はテンジンを背負っていた。長丁場になるかもしれない。他人には委ねられない。この少女だけは救わなければならない。そのためには、どこまでも連れて逃げるつもりだった。

テンジンは熱かった。息遣いも乱れていた。トレーニング用のジャージを着せてあるが、上着は羽織っただけで、その下には包帯だけだ。長く夜風に晒したくはない。

寺を囲う崩れかけた石壁のところで様子を見ていたキンレイが、緊迫した声を発した。

「南と東の出口を押さえられた」

南とは、あの家へ来るときに辿った道だ。

東とは、この古寺へと登ってくる道のことである。

なるほど確かに人影が見えた。家の裏手から、こちらの気配を探っているらしい。すぐにやってくるだろう。

どうする？

どこへ逃げる？

「――こっちよ」

寺の裏手から女の声が呼んだ。低いが鋭い声だ。

フレデリカだった。テンジンを連れて戻ったときには不在だったが、いつの間にか戻っていたらしい。不穏な情勢を察して情報収集を行っていたのか。いずれにせよ、彼女には勝算があるらしい。

「私についてきて」

他に方法はなかった。狡噛たちは、フレデリカを追いかけて走った。

導かれたのは吊《つ》り橋だった。寺院の裏手に谷川があり、対岸へと渡るために掛け渡された物だろう。純然たる実用品だったに違いないのだが、それにしては祝祭感に溢れすぎている。橋を支える綱全体に、びっしりとルンタが飾られているのだ。

フレデリカを先頭に、揺れる橋を駆け渡る。はためくルンタに迎えられ、現世から来世へと送り出されるように。ルンタとは、この国の言葉で「風の馬」を意味すると言う――くそ、縁起でもない。今はテンジンの命のことだけを考えろ。

渡りきった先にチョルテンがある。その傍らにハンヴィーが駐《と》まっていた。

助手席側のドアを開き、背負ってきたテンジンをそっと下ろす。

すでに車内にいたフレデリカとキンレイが、テンジンをシートに横たえ、固定する。

「近くの病院は追っ手がいるはずだ」キンレイが言った。「南部の町へ行こう。時間が不安だが……」

「私が飛ばすわ。案内して」

フレデリカは車外へ眼を転じた。

「狡噛、あなたは？」

「俺が一緒だと目立つ。この国で日本人は珍しい。ここに残って敵の様子を窺う」

「わかった」

テンジンは目覚めていた。苦しげな息を吐いている。膨らんでは沈む薄い胸のリズムが速い。

「コウガミ……」

ふいに、この子とはもう二度と会えなくなるかもしれない――そんな予感が狡噛の頭を過った。

昔、似たことがあった。緊迫した状況。一分一秒を争う窮地の只中《ただなか》で、目の前にある選択肢のどちらか一方を選ばなければならない。黄金の麦畑。ドミネーターとリボルバー拳銃。遠ざかってゆく白銀の背中と傍らに倒れ伏す小柄な人影。ひとはいつも、ひとつの道しか選べない。そして分かれ道のたびに違う選択をする運命もある。

狡噛慎也という男は――、いつも、そうやって他人と違う道を選んでしまう。たとえそれがとても大切な相手だったとしても。永遠の孤独。だとしても、それは己が選んだ孤独だ。そうしなければ果たすことのできない宿業というものが、狡噛を衝き動かす。

「あとは、任せろ」

考えて考えて、口にしたのは、たったそれだけだった。

微笑みかけると、テンジンも笑った。

間もなくフレデリカのハンヴィーは、荒いが迷いのない運転で走り去っていった。

狡噛とツェリンは、遠ざかる車を見送った。さすがのツェリンも無言だった。

第一五章 平和の落とし前

首都レジムチュゾムには多くの難民が流れ込んでいる。同盟王国政府は届け出を義務づけ、規制と管理を徹底しようとしているが、対処は後手に回りがちだった。

難民のねぐらとなっているのは、廃墟のビルであった。骨組だけで放置されたビルは多い。夜になるとそれらのフロアにはいくつもの火が点り、遠くからもよく目立った。それらは皆、そこに人がいる証だ。摘発を行おうとすればよい目印になるだろうが、当局にその意志があるかどうかはともかくとして余力はまったくない。もう随分と長い間放置されているのが実情だった。

おかげで狡噛とツェリンにとっては使い勝手のいい潜伏先となった。

ふたりは火を囲んでいる。ツェリンが暗い表情でうなだれている。狡噛はさっきからずっとタバコを吸っている。もう何箱も空にして火の中へ投げ込んだ。

「ガルシアのやり方は、典型的なマ丶ッ丶チ丶ポ丶ン丶プ丶」

そう断じて狡噛は、また一本のタバコを焚き火へ投じる。火の粉が舞い、すぐに静まる。暗い炎だ。やり場のない怒りのように。

「自分たちで紛争を起こし、自分たちで解決する。そして依頼主から搾り取るだけ搾り取る……」

携えてきたナイフを抜き放つ。乾いた血にまみれた刃が炎を浴び、てらりと脂の輝きを宿す。

ツェリンが眼を見開いた。

「それは……」

「見覚えがあるようだな？」狡噛は笑った。蔑みを隠さなかった。嘲笑されて然るべきは、むろんツェリンひとりではない。「――俺もだよ！」

手近にあった木材に、深々とナイフを突き立てる。

謀られていたと知ったツェリンの間抜け面は、すなわち狡噛自身の姿でもあった。

「……俺は、何も知らなかったんだ……」

「そりゃそうさ」

また一本くわえ、火をつける。染み渡る毒がしみじみとうまい。愚か者にふさわしい愉しみだ。気前のよい悪党から贈られた親愛の印。

「悪人役と善人役をはっきり分けて……」煙を吐く。「秘密が漏れないようにしたんだ。うまいやり方だぜ……！」

ツェリンが頭を抱えた。嗚咽に似た声が漏れた。だが涙はなかった。そんなものは何の役にも立たないと知っているのだろうし、泣いて雪《すす》げる罪などないこともまた承知しているに違いない。彼の手は、すでに汚れている。

その自覚と自責を引き受けて、彼は言葉を失ったのだ。善くも悪くもこいつは善人だ。知らなかったから許されるなどと考えられるほど面の皮が厚くはない。

狡噛は、そっとしておいた。

ツェリンの自責は、彼もまた通ってきた道であり、今また直面している痛みでもある。

おそらくはこれからも長く疼く古傷となって残るだろう。いつだって、後悔が先に立つことはない。


そして——長い一夜が明けた。

いつしか火は消え、うっすらと煙を上げて燻《くすぶ》る燃えさしに成り果てている。

疲労困憊《こんぱい》のツェリンはまだ眠っている。

だが狡噛は、東から射し初《そ》めた太陽を睨んで立っていた。

地上は朝靄《あさもや》に沈んでおり、薔薇《ばら》色に燃える海のようだ。顔を覗かせているのはすべて未完成の廃墟である。けれど、それらの内にも人の営みは抱かれ、今日もまたゆるゆるとまどろみから覚めようとしているのだろう。

狡噛は、ひと足先に目を覚ました。

そして見透していた。自分が、これから進むべき道を。


キンレイからの連絡は、その日の昼過ぎに電話でもたらされた。

『手術はうまくいったよ』

昨夜からずっとテンジンにつきっきりのキンレイは、さすがに疲れの滲む口調だった。

『だが……予断を許さない状況だ』

「ああ、わかった」

応じた狡噛は、すでに廃墟の隠れ家を引き払って別の場所へ移動していた。

僧院である。断崖に張りつくように建ったその寺は、古くから名所として知られたそうだが、今は訪れる人もなく静かな信仰の場としてひっそりと在った。

まさに秘境と呼ぶべき立地だが、携帯端末の通話に支障はなかった。

「キンレイはそのままテンジンについていてくれ。頼むぞ」

そう告げて電話を切る。

テンジンは心配だったが、今はこれ以上してやれることはない。彼女自身の生命力を信じるしかない。

彼女が示した意志は、狡噛が受け取った。

やらなければならいことがある。

そのために、かれらは僧院《ここ》へ逃れてきた。

〈停戦監視団〉の追跡を振り切るために、俗世を離れ、聖域へ飛び込んだのだ。

古人曰《いわ》く、窮鳥懐に入らば猟師も獲らずと言うが、そうした慈悲心を誰よりも純粋に受け継ぎ守ってきたのが、この国の僧たちであろう。かれらは狡噛たちの突然の訪問に応じ、何も聞かずに受け入れてくれた。

今も本堂の床には無数の蠟燭が点され、僧たちが読経の真っ最中だ。

その同じ場所で、狡噛はツェリンとフレデリカを相手に、今後の作戦を練ろうとしていた。

「それで、どうするの?」

フレデリカが尋ねた。彼女は最初に会ったときと同じ、黒のレザーコート姿。艶やかなその姿は、ストイックな僧院の中では異質すぎたが、幸い咎められることはなかった。

狡噛とツェリンも普段着で、着の身着のままだ。

「……俺のせいで、テンジンは死にかけた」

「つまり？」

「責任を取る」

「でも、あなたテンジンとの約束は？」

問い返すフレデリカと、心配そうなツェリン。ふたりの間を通り抜け、狡噛は窓辺へ立つ。

正面に滝が見えた。峻厳な霊山から湧く清冽《せいれつ》な水が、高く険しい岩肌を割って流れ落ちてゆく。

昔の俺ならどうしていただろう？　狡噛は自問する。銃を手に取った。間違いなく。多分、誰が止めても聞く耳を持たず、殺すべき相手を追いかけ続けた。どんな手を使っても。どのような犠牲を出しても。討つべき相手のもとに辿り着き、そして銃の引き金を引いた。

だが――、そうやって、俺は最後にどうなった――？

「もちろん、守る」

きっぱりと答えて、ふたりへ向き直った。

「停戦交渉が終わるまでは手を出さない」

望むのは平和。たとえ偽りであっても、戦争よりはずっといい。

ならば、まずはそれを成立させる。

落とし前をつけるのは、平和が訪れた後だ。

〈停戦監視団〉主導による〈三部族〉の交渉は、あれから連日にわたって行われていた。

ガルシアの本性がどうあれ、紛争調停の才能は本物らしい。複雑な利害調整と理想と現実の折り合い。誰よりも戦争を起こすことが得意な男は、戦争を終わらせることもまた熟知している。

どうして、あの男は、そのどちらか一方で満足できなかったのだろう。私利私欲に奔《はし》る略奪者の頭領にも、平和の理念に邁進する調停者の指揮官にも――、ギレルモ・ガルシアという男は、よりにもよって、その両方になるという選択をした。狡噛はその矛盾をどうしても理解できない。自分に近しいと思ったはずの相手は、今や異質極まりない存在に切り替わっている。

共感はなく、だからこそ理解に努めた。

ガルシアの和平交渉が着実に進むたび、狡噛たちもまた着々と準備を進めた。

プランはすでにできている。ツェリンとフレデリカにも共有済みだ。しかし実現が可能かどうか、事前に検証しておきたかった。単独での作戦行動ではなく仲間の協力を仰ぐ以上、リスクと成功確率を見定める必要がある。

雲ひとつなく晴れ渡った一日――狡噛はフレデリカとともに、彼女の車で山岳地帯へ分け入った。

目的地は完成途中で放棄された鉄橋だ。打ち捨てられた鉄道の屍《しかばね》である。

この国の東部へと繋がるはずだった鉄橋は、赤錆びて血まみれに見える断端を晒して虚空に延びていた。

突端に立って見下ろせば、遥か眼下の谷底に、急流は白く波立っている。

しばし眺めた後、狡噛はおもむろに立ち上がった。

「ところで、日本棄民の調査ってのはタテマエだよな」

フレデリカはＰＣで地図を確認しながらペットボトルの水を呷っている。すぐには答えない。半分ほど一気に飲んでから、やっと狡噛を見た。共犯者めいた笑顔で言った。

「今さらね」

「そのことをどうこう咎めるつもりはないんだ」

この地に日本棄民がいたことは事実だ。しかし、それがフレデリカの目的ではない。〈シビュラシステム〉が不要と判断した人間たちを、どうして今さら日本政府が引き揚げようとするだろう。〈シビュラシステム〉を構成するひとつの真実とは、完璧な裁きを下すことではなく、システムの内と外の定義を明確に区別することだ。シビュラは普遍ではなく完璧なシステムとして振る舞う。〈シビュラシステム〉のＳＥＡＵｎへの輸出も、つまるところはシステムの外への輸出ではなく、システムの内側の範囲を拡げただけだ。

そんな〈シビュラシステム〉によって、日本棄民は、システムの外にいる者たちと区別された。その壁を二度と越えることはできない。内から外へ出すことはあっても、外から内へ迎え入れることはない。

狡噛もそのつもりで、システムの外に出た。だから当然、〈シビュラシステム〉は狡噛の帰還も許さない。

フレデリカが、この地を訪れたのは、もっと別の理由だ。有名人に会いに来た——それも一面の真実だろう。だが、それが目的でフレデリカは現れたのではない。彼女が自分に会ったのは個人的な興味からだろう。あるいは、日本政府の中で〈シビュラシステム〉の決定を必ずしも絶対視しない勢力の意向が動いているかもしれない。

このチベット・ヒマラヤ同盟王国には、フレデリカ——日本政府・外務省——が追う何か、あるいは誰かがいる。

しかし、フレデリカが何も明かさないということは、それは狡噛にとっては直接関係のない政治的ファクターなのだろう。

ただ、互いの目的は異なれど、ガルシアを打倒する必要があるという点では利害が一致している。であれば、狡噛はフレデリカの力を借りることにためらいはない。俺は俺のために、あんたはあんたのために、やるべきことをやる。それだけだ。

狡噛は紫煙を吐いて歩き出す。フレデリカに向かって、まっすぐに近づいてゆく。

「ただ、何か使えるリソースはないか」

フレデリカは、狡噛を不思議そうに見た。真意を推し量ろうとしているのかもしれなかった。が、顔を背けた。

「手伝う理由がないわ」

車のボンネット上に広げてあったPCを畳む。アタッシェケースの中に収まるよう設計されたシステムは、かなりの高性能を備えているように見受けられた。話は終わりというサイン。

「……と言いたいところだけど、そこは取り引きね」

いったん眼を伏せ、PCの上へしなだれかかるように身を乗り出して狡噛を見た。

「狡噛慎也。この件が終わったら、私の仕事をいくつか手伝ってほしいの」

前言撤回。フレデリカの「目的」には、自分の存在もある程度関係している。戦力として期待されている。

「わかった。やろう」

即答すると、フレデリカが気色ばんだ。

「ちょっと――、安請け合いはやめてよ」

「安請け合いじゃない」

おうむ返しに答えると、フレデリカはますます不思議そうに彼を見る。狡噛が何を考えているのか、未だ測りかねているらしい。

「あの男を仕留められるなら、どんな取り引きに乗ってもいい」

偽らざる本音だった。利害計算など端から考えていない。

元より、何もかもを捨てて旅をしてきた。あらゆる他人から遠ざかるつもりで——結局またここで縁を結んでしまって——その責任を果たすために払える対価といえば、己自身くらいのものだろう。自分に値打ちがあるとは思っていない。しかし、この女にとっては、少なくとも己のリソースを割いてもいいと思えるだけの価値があるらしい。需要と供給が一致し、対等な契約が結べることは滅多にない。その珍しい機会が、今だった。

フレデリカは肩をすくめ笑った。

「オーケー。取り引き成立よ」

差し出されたペットボトルを受け取って、狡噛はひと息に飲み干した。

そして数日後——首都の天候が下り坂に転じ、激しい雨が降り続くことが報じられていたその日。

国会議事堂の中では、いくつものカメラのフラッシュが太陽よりも眩く輝き、歴史的な瞬間を伝える写真を記録に残すべく競い合っていた。

被写体は「平和」であった。

〈三部族〉の代表者たちが肩を寄せ合うように立ち、互いの手を取り合っている。

それぞれの両の手が、他のふたりと手を繋いでいる。

三対六本の手は複雑に絡み合い、写真を眺めていると、だまし絵の奇想に絡め取られたような気分になってくるのは否めない。複雑な利害と妥協を身を以て表すかのようなその構図は、様々な困難と波乱を今なお抱えながらも、ついに現実となった停戦を、目に見える形で示していた。

ネット上のニュースメディアは、この写真を掲げた号外記事で「紛争から平和へ」と謳った。記事では〈停戦監視団〉の活躍にもページを割き、歴史的な経緯から説き起こして停戦合意の内容までを伝え、辣腕の交渉人ガルシアの成し遂げた大仕事を讃えていた。

僧院に身を潜めた狡噛が、そのニュースを見たのは夜に入ってからだった。タブレットに表示された記事にはガルシアの写真はなく、彼と部下たちの今後の動向を伝える情報もない。

が、それらはすでにフレデリカによって調べ上げられていた。

「――明日、〈停戦監視団〉が首都を出る」

彼女が広げたPC画面上には、〈停戦監視団〉のスケジュールと移動ルート、そして主な装備が表示されている。

「その移動中を、計画通り襲撃する」

「わかった」

狡噛は即答した。情報の入手経路や信頼性については、あえて尋ねなかった。これまでの実績から考えて不安はなかったし、多少のリスクがあろうがなかろうが、退くことはできないのだ。

黙って聞いていたツェリンが、突然祈るように両手を組み、顔を伏せた。勢い余って額に当たり、ゴツッと音がした。だが、その前から彼はひどく痛々しい表情をしていた。

「……下っ端の連中は何も知らない。あいつらを殺さないで、やれるんだな？」

「そういうプランを練った。安心しろ」

ツェリンは顔を上げ、頷いた。信じようと決めたのだ。

「でもさすがに、この人数じゃ成功率は低いわ」

そう言ってフレデリカは窓辺へ移動した。そこに並ぶマニ車のひとつを、勢いよく回す。

「だから私のほうで切り札を用意した」

「切り札？」

「ええ」

振り向いて微笑む。これ以上は秘密。無言でそう告げる、雄弁な表情だった。

彼女の背後ではマニ車が回り続けている。だが、反時計回りだ。タブーとされる回転方向だった。


その夜遅く、雨がやんだ。

流れの速い雲間から月明かりが漏れてくる。満月から五日目、下弦にはまだ間がある頃合いだったが、形は定かに見えない。ただ光だけが届く。この世の物とも思われない、青白く煙る光が。

狡噛は、僧院から続く石段の途中に座り、独りで煙草を吸っていた。ガルシアは憎い。しかし、ガルシアからもらった煙草は美味《うま》い。人間とその所有物に本来、何の繋がりもない。人間がそこに勝手に関係を見出すのだ。

……この国の人々にとって、死ぬことは輪廻の一部でしかない。

ふいに、誰かが語りかけてきた。

その声とともに月明かりが強くなった気さえする。

キリスト教ならば死は贖罪《しょくざい》の一部だ。

光をまとい近づいてくるのは、白貌の鬼――槙島聖護。

槙島は狡噛を見ていない。狡噛もまた同じだ。互いに視線を交わさずとも、何を見ているのかはわかる。

旅をしてきた――

ずっと、この男と一緒に。

孤独な旅だった。そう思っていたつもりだが、よくよく考えれば、孤独には程遠い賑やかな旅路だったのかもしれない。紛争地帯を巡るたびに戦友と呼べる仲間ができたし、同じ釜の飯を食った奴らもたくさんいた。孤独な旅は伴侶を持たぬ旅ゆえにけっして孤独ではないのだ。異邦人は土地土地で縁を結ぶ。旅立つたびに永久に別れた気分になる。それも一面の事実だ。命が銃弾よりも安い世界で、別々の道を辿った人間同士が再会することは滅多にない。だとしても、一度結んだ縁が途切れることはない。様々な想いが去来するたびに、狡噛は旅で出会った者たちを思い出す。かれらもまた、折に触れて狡噛のことを思い出すのだろうか。

狡噛慎也……。

気安げに呼びかけて槙島は、岩の上に腰を下ろす。滑らかな動き。重さを持たないような。

おそらく、誰もが自分のように過去とともにあるのだ。槙島聖護は過去だ。狡噛慎也の過去。切り離そうとしてもけっして切り離すことのできない過去であり、その出会いこそが運命だった。自らが引き金を引いてその命を終わらせたとしても運命の結びつきが解けることはない。

では、日本で別れを告げてきたあいつらも――。

もしかして、悪霊はきみ自身なんじゃないか？

風が吹く。冷たい風が。それは狡噛の硬い髪を嬲り、槙島の白く透き通る髪も揺らす。どこから吹く風なのか、狡噛は知らない。槙島ならどうだろう。

奴は言う。淡々とした呪いの言葉を。

自分が死んだことにも気づかず、現世を彷徨い、戦いの地獄に堕ちていく……。

なあ、俺はずっとお前の言う通りだと思っていたよ。何しろ、お前は俺の過去であり、俺の未来だから。お前が俺の悪霊となったように、俺も誰かの悪霊になる。あるいは、悪霊であるお前の悪霊に俺がなるのかもしれない。それが旅の終わりに訪れるものだと思っていた。

だが、今は違う。確かにお前は俺の過去だ。俺はお前か別の誰かを選ばなければならなかったとき、お前を選んだ。俺とお前は運命だったから。しかし、人は生きている限り、旅を続ける限り、何度も分かれ道に出くわすんだ。そのたびに新たな道を選ばなければならない。

そして――、いつまでも、俺とお前が同じ道を選ぶわけじゃない。

「いいや。俺は、そうはならない」

火のついたタバコを握り潰し、狡噛は宣言した。そして呼んだ、奴の名を。

「――槙島」

立ち上がった。

狡噛は、もう独りきりだ。他には誰の姿もなかった。

第一六章　train in the rain

翌日、二一一七年一一月二五日——

チベット・ヒマラヤ同盟王国首都レジムチュゾムは再び強い雨になった。

季節柄、夜まで降り続けば、山深い地域では銀世界が出現するかもしれない。

今、山中のトンネルを抜けた軍用列車は、一四両編成のディーゼル車。鈍重だが力強く、雨雲から一刻も早く逃れようとするかのように全速力で突き進む。

渓谷沿いにうねりながら続く鉄路は、この国の外まで通じている。

〈停戦監視団〉は、また新たな戦場へと旅立っていくのだ。だが、それは行く当てのない放浪の旅ではない。チベット・ヒマラヤ同盟王国における停戦交渉は、ガルシアたちにとって、これまで以上の成果をもたらした。

南部の土地に、〈停戦監視団〉が入植可能な土地を用意させたのだ。むろん、大っぴらに要求したわけではない。同盟王国の国民、そして〈三部族〉の利害を調整するなかで、互いの均衡を維持するための緩衝地帯を設けさせた。いわば、ひとつの国の領域内に新たな国境線を引かせたのだ。

停戦監視ライン——そういう呼称によって、〈停戦監視団〉が直轄管理できる土地を手に入れた。ベースキャンプを設立し、ゆくゆくは恒久的な基地を設立する。それはやがて街になっていくだろう。これまでのように、紛争地帯を流浪の民として彷徨うのではなく、そこから各地の紛争地帯へ出動するのだ。

一部使用権を得た、チベット・ヒマラヤ同盟王国の鉄道路線も、〈停戦監視団〉の兵員輸送の効率を飛躍的に上昇させる。紛争調停の仕事も、これまで以上に大規模に展開していくこともできる。

長かった。ここまで辿り着くために——。

先頭車両の窓際でPCを広げていたガルシアは、どっと疲労を感じた。一世一代の仕事を終えて、さすがに少し気が抜けたのかもしれない。ガルシアは兵士として長い間、戦ってきた。しかし、どれほど優秀な兵士もやがては老いていく。自分だけではない。〈停戦監視団〉の同胞たちもそうだ。ひとは永遠に戦うことはできない。

だが、まだ引退を宣言するには早い。

「例の日本人……。狡噛慎也の捜索はどうなってる？」

ガルシアは、ふと思い出したように言った。

まだ、この国には、「平和」を脅かす「火種」がひとつ残っている。

「未だに網に引っかかってません」

オペレーターが答える。彼は列車内にマルチディスプレイ環境を構築し、最優先事項として狡噛慎也《テロリスト》の情報収集に当たっていた。だが成果はなかった。

「もしかすると、もう国外かも……」

「なら、いいんだがな」

ガルシアは眼鏡を外し、荒れ模様の窓外を見た。昼間だというのに空は暗く、ガラスは鏡となって彼の顔を映した。部下たちには滅多に見せない険しい顔を。

長かった。ようやく、ここまで辿り着けた——。

その眸は、老いた軍用犬のように寂しげだ。

軍用列車が駆け抜けてすぐ――、鉄路の脇に迫る崖を、長雨に地盤が緩んだかのように岩塊が転がり落ちてきた。

だが、その岩塊は線路を塞ぐどころか、着地間際になって器用な制動を見せた。ぱちゅん、と泥が弾けるような音は、その落下した質量に対してひどく小さい。

崖を駆け下りてきた軍用ドローンは、あらゆる不整地を駆け抜けるためのバランサーを総動員し、危なげのない動作で線路際に着地し、すぐさま軍用列車を追跡し始める。

日本政府が主に海外派遣を想定して開発した多脚型軍用ドローン。暗灰色の装甲に覆われた機体は、高速機動用の三輪モードに変形している。機体上部の装備オプションは中距離砲撃用の自走砲タイプを選択している。

砲塔後方の銃座に砲手《ガンナー》が尻を乗せ、しがみつくようにして射撃を行う。一応、両サイドに弾除けの盾は増設してあるが砲手の命を守る装甲としては心許ない。本来は、無人運用が想定されるドローン兵器だからだ。

しかし、今、その銃座に狡噛が着いている。まるで裸馬に牽《ひ》かせた古代の戦車《チャリオット》を駆る勇猛な戦士のように。

だが、車体を制御し駆り立てている真の乗り手は別にいる。

フレデリカだ。彼女は現場近くに停車したハンヴィーの車内でHUDを装備し、コントローラーを操っている。

《もうすぐ到着。振り落とされないでよ》

「了解だ」

狡噛は通信回線越しに返答する。焦りはない。危なげもない。余裕がある。不謹慎だが、愉しいとさえ言っていい。SEAUnでの戦闘でも、ドローン兵器といえばもっぱら撃破する標的であって、その能力の恩恵に預かったことはほとんどなかった。日本にいた頃も、狡噛は刑事だった。こうした軍事兵器の世話になるようなことはほとんどなかったと言っていい。

これは男の性《さが》ってやつなのかもしれない。兵器は殺人の道具だ。しかし、その究極的なまでに効率化された機構に昂奮している自分がいる。

そんな狡噛の内心の不謹慎さを戒めるように、フレデリカがはドローンを急加速させた。

着地時に静音性を重視したため、速度を抑えていたが、ここからは一気呵成《かせい》に攻める。

やや引き離されていた軍用列車に、たちまち追いつく。暗灰色の軍用ドローンは風雨と暗闇に紛れ、列車を最後尾から順に辿って一両ずつ、ぐいぐいと背後へ置き去りにして、前へ進んでいく。

ディーゼル駆動の軍用列車は、旧式とは思えないほど力強い走りをする。だが、狡噛が搭乗する軍用ドローンは、最新鋭のモデルだ。かなりの速度を出しても機体の挙動は安定している。

とはいえ乗り心地はよいとは言えず、狡噛は顔をしかめている。なにせ裸眼だ。風が、雨粒が、そして速度そのものが、叩きつけてきて彼を打つ。外装部に取りついている以上、逃げ場はない。ひたすら耐える。ゴーグルは邪魔だ。ボディアーマーだけでも煩わしくてかなわないのに。

飛び去っていく列車の窓から視線を感じた。兵士たちが騒いでいる。構ってやるつもりはない。

《ターゲットを確認》

フレデリカから通信が入るが、すでに狡噛も標的を捉えている。

一四両編成の七両目――コンテナ車だ。

これより後ろ、八両目以降は兵員輸送車両に当てられている。用はない。

《衝撃に備えて》

砲塔が旋回する。フレデリカからのコントロール。七両目を指向し、砲身のブレを自動補正《スタビライズ》。

多脚型軍用ドローンの主砲には52口径105ミリライフル砲が搭載されている。

発射。その瞬間、落雷のような轟音《ごうおん》が響く。銃座にいた狡噛は全身をびりびりと震わす空気の振動に瞠目《どうもく》する。

発射音で鼓膜も破れそうだ。戦う前に砲撃の反動で俺を殺すつもりか。ドローン兵器は兵士を乗せて運用することをまったく想定していないことを改めて思い知らされる。やはり、自分はドローン兵器と相性が悪い――。

だが、その一撃は絶大な威力をもって、破壊を完遂した。

高い貫通力を持つ徹甲弾は、七両目に積載されたコンテナの隔壁を易々とぶち抜いた。

内部には、銃弾や砲弾といった可燃性の物品が満載されている。

砲撃を遥かに凌駕《りょうが》する轟音が生じ、コンテナ車は延焼と誘爆を繰り返す。前後に繋がれた車両を飲み込むように紅蓮《ぐれん》の炎が噴き出す。

直後、六両目と七両目を繋ぐ連結器が自動的に外れた。安全装置が作動し、危険を切り捨てたのだ。

燃え盛る弾薬庫と、その後ろに連なる兵士たちが置き去りにされ、じりじりと速度を失ってゆく。かれらの運命はかれら自身に委ねるしかない。それぞれの才覚で生き延びてくれることを祈った。

狡噛には、連中の面倒を見ている暇はない。多脚ドローンは七両目のコンテナ車が噴き上げる炎とぶちまけられる鉄片の嵐の直下を潜り抜け、さらに加速する。

連結器の切り離しによって、新たに最後尾となった六両目に並ぶ。

そのときには機体が変形し、立ち上がっていた。高速走行に適した三輪モードから、砲撃戦用の四脚形態モードへの切り替えは秒単位でシームレスに行われた。同時に砲塔位置も変わり、全高約六メートルのひとり乗りの砦《とりで》が出現する。本来は迎撃用の銃座としての運用が想定されているが、今回の襲撃プランでの用途は違う。

攻城梯子《はしご》だ。

狡噛は、砲塔後部のサドルから身を乗り出し、側面に装備した弾除けの盾を足がかりにして跳んだ。

六両目の車体上へ。狡噛も戦闘態勢に入っている。袈裟懸けに背負っていたアサルトライフルを構え、マガジンを確認する。予備の弾倉に加え、レベルⅢ規格の防弾ベストを着用しているから、かなり身体が重く動きづらい。先ほど、ドローンから列車に飛び移る瞬間も、重力が何倍にも強くなった気がした。

敵もドローン兵器を始めとする近代兵器で武装している。相応の装備を整えなければならなかった。

耳元にフレデリカが釘を刺す。

《例のポイントまで焦らないでよ》

「わかってる！　しつこいぞ！」

そして走った。車体の上を。

待っていろ。ガルシア。聞こえるか。悪霊が落とし前をつけにきたぞ。

爆発の衝撃は、先頭車両をも荒々しく揺さぶっていた。

「ドローンの攻撃により弾薬庫が爆発！　後部兵員車両が分離されました！」

オペレーターの報告を受け、ガルシアは先頭車両後部へ移動する。車窓から大まかな状況を確認した。

風雨と暗闇によって視界は定かではないが、多脚型軍用ドローンを目視した。機体上部に取りつけられた自走砲で、こちらのコンテナ車をぶち抜きやがったのだ。とてつもない威力。そんな兵器を運用する連中は、同盟王国では、自分たち〈停戦監視団〉以外にはいなかったはずだ。

そして敵ドローンが後退していく。撤退するつもりか？

違う。直感した。敵の作戦が次の段階に進んだのだ。無謀な襲撃の目的は、この列車へ突入《エントリー》すること。

こんな手を使うのは、奴しかいない――狡噛慎也――停戦交渉の間、妙に沈黙していたと思っていたが、案の定、襲撃の準備をしていたというわけか。それにしても、とんでもない兵器を持ち出してきやがった。やりたくないことはやらない。組織に属することは好まない。流浪の傭兵を気取っていながら――、狡噛、お前この奥の手を出してくるのは卑怯だぜ。これほどのドローン兵器は個人では用意できない。どこのケツ持ちの協力を取りつけやがった。

「こちらもすぐドローンを起動して反撃しろ！」

「了解！」

兵士たちが次々と銃を取り、戦闘態勢を整えていく。

保有する装備はほとんど互角だ。これから始まるのはゲリラの掃討戦じゃない。

戦争だ。容赦はしない。

軍用列車が間もなく通過する切り替えポイント――ツェリンは、遠く立ち上る黒煙を見ていた。

下っ端の兵士たちが今あそこにいる。自分の仲間が。何度も一緒に飯を食い、馬鹿なホラ話で暇な夜を過ごした気のいい奴らが。あいつらのことが心配だったが、もっと気がかりな相手が別にいる。

その男は今、全速力で突っ走る列車とともにこっちへ向かっている。

「死ぬんじゃねえぞ、旦那……ッ!」

力を込めて転轍機《ポイント》のレバーを引いた。

傍らのレールが切り替わる。

本来のルートは同盟王国南部へと延びている。その先に、〈停戦監視団〉の故郷になるかもしれなかった土地がある。だが、もうその道へ乗ることはない。悪党に相応しい行き先は、地獄だけだ。

ツェリンや多くの兵士を率いてきた——停戦の英雄——だがその正体は畜生にも劣る悪党だった。ツェリンは、今でもガルシアが語った高潔な正義の言葉を忘れられない。あの男が救ってきた世界の姿を、平和を取り戻した人々の幸福を取り戻そうとする笑顔が目に焼きついている。

くそくそくそ。ツェリンは溢れる涙を誤魔化すように天を仰いだ。絶叫した。降り続ける雨が怒りも悲しみも何もかもを覆い、そして洗い流していく。

だが、それでも消えない怒りの熱を宿して、ツェリンは次の持ち場へと急いだ。

狡噛は、六両目を駆け抜け、連結器の上へ飛び降りる。

防弾ベストの重さに身体が馴染んできた。刑事の頃から鍛えぬいてきた狡噛の肉体は、紛争地帯を巡る旅のなかで実戦的な筋肉をさらに身に着けた。重装備での進軍でも、狡噛の足取りは乱れない。

ほとんど停滞することなく、パルクールのリズムで五両目のコンテナ車を進む。

すかさずライフルを視線とシンクロさせて構え、躊躇なく進む。

ここまで反撃はない。まだ気づかれていないのか？

と、突然の銃撃が生じた。次の四両目の真っ赤なコンテナからだ。壁を撃ち抜いて大口径の銃弾が襲ってくる。

直後、コンテナが爆発した。

吹っ飛ばされた狡噛は、五両目の車体を前方から最後尾まで転がって倒れ伏す。

前方、爆炎のなかから立ち上がる機影――多脚型の軍用ドローンだ。

ついさっき乗り捨てたのと同類の、おそらく機種違い。カーキー色の装甲。四脚モード。砲塔にはガトリングガンを装備している。本来ならガンシップに搭載し、地上掃討に用いるようなしろもの。ある意味、〈停戦監視団〉らしい配備内容だ。主な敵はゲリラであり、弾数をばら撒いて制圧するのが主戦術なのだろう。

狡噛は、ドローンの出現にも臆することなく、撃ちまくる。立て膝の姿勢を取り、牽制射撃。間合いを保ち、次の手へと移るための時間を稼ぐ。同時に相手を挑発する。

ドローンの操作はオペレーターが行っているだろう。こちらの映像をカメラで捉えているはずだ。

なあ、見ているんだろう。ガルシア。その軍用ドローンのモニターカメラ越しに、俺の姿を捉えているはずだ。

ここで隠れてないで出てきたらどうだ。こっちはとっくに準備ができてるぜ。

そして、ガトリングガンが火を吹いた。射線上に存在するあらゆる標的をズタズタに切り裂くため、凄まじい速度で弾丸が乱射される。

回避に移ったのは敵の射撃直前のタイミングだった。ちょうど弾切れだったのだ。もっともレーザー照準の挙動から計算し、ロックオンから発砲へ至る流れの予測はつく。たとえ弾薬が十分でも、一対一の撃ち合いになったら勝ち目はない。攪乱《かくらん》し続けるしかなかった。

だが、敵の速射性能および自動追尾ＡＩの信頼性は狡噛の想定を上回った。

くらった。直撃。数発をもらった。肋骨《ろっこつ》を砕かれ、内臓が破裂したかのような激烈な衝撃が生じた。いずれもボディアーマーのカバー範囲だったおかげで貫通せず、身体を引き千切られてもいない。だが、撃たれたことに変わりはなかった。速度と質量は無慈悲な打撃となって、狡噛の鍛え抜かれた肉体を高々とはね飛ばした。

狩られた小鳥のように宙を舞い、五両目コンテナ上からデッキへ叩き落とされる。

背中から落ちた。受け身を取ったとはいえ、頭を打たなかったのは幸運に過ぎなかった。

制動がかけられない。列車は猛スピードで走っている。どんどん身体が後ろに持っていかれる。やがてデッキの縁を越える。そのまま転落する――寸前、とっさにデッキの端にしがみついた。

雨に濡れた手が滑った。両手で摑まり、必死に食らいつく。爪先が地を擦った。狡噛の身体はほとんど車外にあり、疾走する列車に引きずられている。だが、絶対に手を離せない。この速度で放り出されれば、線路と車輪に巻き込まれて、狡噛慎也の挽肉《ひきにく》一人前が出来上がる。そんな最後だけはさすがにお断りだ。

五両目コンテナの端に、滑らかな動きで敵の軍用ドローンが現れた。

のっそりと顔――ガトリングガンの砲塔――を覗かせる。四脚モードはどことなく人間くさい動きをする。軍用ドローンは砲塔をうつむくように傾けて、狡噛を捕捉した。レーザーセンサーの光はない。代わりに砲塔前面のサーチライトが彼を照らした。一対の眼のごとき強い光。

狡噛の側に対抗手段はない。

それを承知しているからこそだろう。敵はすぐには撃たなかった。ほんのわずかな間ではあったが、カメラに捉えた狡噛のぶざまな姿を、記憶に留めようとでもするかのように凝視した。

直後、敵砲塔に着弾の火花が散った。苛烈な銃火。

敵の軍用ドローンは砲塔を旋回させ、崖側を見上げる。

斜面を激走してくる暗灰色の機影――フレデリカの自走砲タイプの多脚型軍用ドローン。

いったんは後方へ退《すさ》ったが、遠隔操縦により追走し、崖を駆け上って奇襲をかけたのだ。

敵ドローンが正面から迎撃を開始する。ガトリングガンの熾烈《しれつ》な火線がフレデリカのドローンの砲塔に集中する。敵のオペレーターもかなりの操縦技術を有している。回避不能な集中砲火を受け、機関砲の砲身が吹っ飛ぶ。

だが、フレデリカのドローンは臆することなく、全速力で突っ込んできた。最初からドローンの撃墜ではなく排除が目的だったのだ。火花を散らしながら激突した二機のドローンはもつれ合いながらコンテナ上から線路脇へと落下し、急速に後方へ去ってゆく。

《こいつは任せて！》

「……頼む！」

狡噛は、その隙にデッキへ必死に這い上がった。腕の力だけで身体を無理やり引き起こし、車上に転び出た途端、再び車両の屋上へ上る。背後は振り返らなかった。ドローンはフレデリカが何とかするだろう。

「くっ……」

その場で膝をつき、肩掛け《スリング》を外してライフルを脇へ置く。

それからボディアーマーを脱ぎ捨てる。機関砲弾の直撃で変形し、胸部を圧迫していた。着用したままでは呼吸に支障をきたす。重く機動性を下げていたが、レベルⅢ規格を着こんできて正解だった。普段と同じ規格の防弾ベストを着ていたら、さっきの被弾でお陀仏《だぶつ》になっていた。

だが、まったくの無事とも言い難い。黒のインナー姿になって、息を吸った途端、苦鳴が漏れた。

左胸を押さえる。肋骨に激痛。着弾時に折れたか。いや——この程度なら、まだまだやれる。やってやる。この程度は痛みのうちに入らない。

深い息を吐いて、狡噛は見る。列車の進行方向を。

奴のいる場所を。

彼の標的は、この先にいる。

「敵ドローンに邪魔されました！ 侵入者が来ます！」

「狡噛……！」

ガルシアは唸る。警戒と昂揚、憎しみと親しみが交じり合って彼の胸を満たす。その混沌《こんとん》が、捩《よじ》れ合いながら声となって迸《ほとばし》り出るのを止められない。

先ほど、ドローンが標的を認識し、ロックオンしたことを示すサインが表示された途端、ガルシアは即座に命じていた。殺せ、と。狡噛を抹殺することにためらいはない。あいつはいい奴だ。優れた兵士でもある。ぜひとも、〈停戦監視団〉の一員に加わってほしかったが、あいつは「平和」のための兵士として必要な鈍感さを持ち合わせていなかった。野良犬のような警戒心と洞察力を持っていた。知らなくていい真実まで知ってしまった。

そんな相手は——どれだけ惜しいと思っても——絶対に殺さなければならない。

だが、あろうことか狡噛はドローンを使っても排除できなかった。どんどん列車を進んでくる。あきれたものだ。ドローン兵器の支援があるとはいえ、たったひとりで軍隊に挑んでくる馬鹿がどこにいる？

ここにいる。狡噛慎也。お前はタフな奴だよ。だから絶対にここで殺しておく。直接手を下して、その心臓を握り潰してやらなければ安心できない。

オペレーターの警告を待つまでもなく、ガルシアは動き始めていた。

すでに部下たちは装備を調え、出撃命令を待っている。

ガルシアは、かれらを促し、先頭車両から後部デッキへと出た。

迎え撃たねばならない。

殺さなければならない。

あの男は、今やこの国の「平和」にとって最大の脅威だった。

だが、そのときだ。新たなる「平和」の敵が、その殺意の牙をむいた。

線路を見下ろす崖の上――遠ざかる列車を見下ろす位置に、ＳＵＶ車が停まっている。

猛スピードで駆けつけたのだろう。地面の泥には荒々しい轍《わだち》が刻まれている。

ルーフ上から身を乗り出したツェリンの手には、ロケットランチャーが構えられている。まるでゲリラ兵になった気分だ。〈停戦監視団〉が抵抗勢力から向けられてきた装備が、今は自分の手に握られている。

その照準の先には、軍用列車。

「俺は、あんたを許せない……」

照準に眼を押しつけながら、陽気な男は血を吐くように叫んだ。

これは仲間への裏切りか？　ボスへの反逆か？　それとも正義の鉄槌《てっつい》？　わからない。ただ、明らかなことは、ツェリンは自分が犯してきた無知の罪を償うための選択をしなければならないということだ。このまま放置してはならない悪党が、この照準の先にいる。

俺は確かな憎悪と殺意をもって、この引き金を引く。

何人も殺す。自分が尊敬してきた男や上官たちを。

「ガルシア！」

炎の奔出とともに、対戦車ロケット砲弾が発射された。

雨中に閃《ひらめ》いた発射炎に、いち早く気づいたガルシアは踵を返して走った。

部下たちも我先に列車内へ戻ろうとする。

炎はみるみる大きくなり、かれらを追い越して、ロケット弾が先頭車両を直撃した。

爆炎が、機関車の姿をかき消すほどに大きく膨れ上がり、あらゆるものを蹂躙した。

間もなく炎は風雨に吹き払われ、走り続ける列車が後に残った。

攻撃は運転室を直撃したが、堅牢《けんろう》な運行システムの基本部分は健在であり、無傷のディーゼルエンジンを駆り立てて列車を走らせ続けた。元々メンテナンスフリーの自動修復機能を備えたシステムである。この国の人々にとってはブラックボックスであり、万一の故障が起きればお手上げとなるリスクはあったが、そうした場合を想定してなお安全性と安定性を保ち運用を継続することが可能なシステムが、開発当初からの方針として求められたのだった。

図らずも今回、鉄道建設当時の日本が保有していた最先端技術の信頼性が明らかになった格好である。が、システムは人間を守るようには作られていなかった。

車内は死屍《しし》累々の惨状を呈した。生きて動いている者は誰もいなかった。オペレーターが持ち込んだ備品の戦闘管制システムが、かろうじてモニターを点し、不安定な画面をちらつかせている。その他に動いているのは、そちこちで揺れる消え残りの炎だけだった。

いや、動いた。ひとつの死体が、眼を閉じたままむくりと起き上がる。まるで伝説の起死鬼《ロロン》のように。

その下からガルシアが現れた。部下を盾にすることで生き延びたのだ。ガルシアは、自分の身代わりとなった部下が崩れ落ちかかるのを抱き止め、死に顔をじっと見た。黒焦げになっている顔は誰のものかも判別できない。

だが、大切な仲間だった。ひとりひとりが、ガルシアの唱えた平和の理念を信じ、その実現のために戦ってきた戦友だった。これから、こいつらは故郷を得て、それぞれが自分の家族を作ったかもしれないのだ。

そのすべてが消し飛ばされた。人間が生き続けるのは困難極まりないのに、死ぬときはいつも一瞬だ。

消えかけていたモニターの最後の瞬きが絶えた。

訪れた暗がりの底に、部下の亡骸をそっと横たえる。

代わりに銃を取った。顔を上げた。男は、戦士は、ガルシアは、笑っていた。

殺してやる。必ず。

そう決めた悪鬼が、これから始める戦いの祭に胸躍らせている。

一方、二機の軍用ドローンは踊るような戦闘を続けていた。

敵機はガトリングガンを撃ちまくる。主砲を失ったフレデリカ機は回避行動を取るしかない。

その結果、両機は互いを追って円を描く機動を取る以外の選択肢を失っていた。優雅な音楽でもあれば美しささえ漂うであろう端正な動き。だが実情は、一方的な狩りに過ぎない。

と、敵機の動きが変調した。フレデリカは、近くに待機していたハンヴィーを急発進させ、ドローンたちの戦場へ向かった。

システムダウンだ。ツェリンがやったのだ。

敵機を制御していた戦闘管制システムが破壊され、一時的に無力化された。が、猶予はない。すぐにシステム更新がかかり、敵機本体にインストールされたプログラムに従って、自動操縦モードで再度動き始めるだろう。

フレデリカ機は猛然と突進し、敵機正面から激突。そのまま崖へと押しやった。

が、落ちない。斜面の途中で引っかかった。

想定内だった。

そのために車を飛ばし、フレデリカはすでに最前線へ達している。

車を飛び出し、自らの指令で突撃させたドローンの背を駆け上って砲塔のてっぺんへ。

その向こう、傾いで止まった敵機の砲塔に降り立つと、携えてきたバレットM82対物ライフルを突きつけ、発砲する。激烈な反動。レドゥン駅での戦闘とは異なり、12・7ミリの焼夷徹甲弾《HEIAP》を使用する。軍用ドローンの装甲を撃ち抜くには、それだけの火力が必要になる。一発。また一発と全身を使って反動を抑制しながら銃撃を叩き込む。やがて、四発目で装甲を貫き、動力部が火を噴いた。

心臓が停止したドローンは、脳《システム》の更新も中途で打ち切られ、鉄屑と化した。

フレデリカは全弾を撃ち尽くしたバレットM82ライフルから手を放し、雨粒によって冷やされていく軍用ドローンの装甲版の上に膝をついた。全身の細胞が酸素を求めている。死力を尽くして戦い抜いた。

まったく自分もお人よしだ。こんな任務外のサービスまで、あの男にしてやるなんて。


疾走を続ける列車はトンネルへ入っていく。

ガルシアは、その闇へ吸い込まれながら、自動小銃を掃射してくる。

豪雨のような火線の襲来。狡噛も小型コンテナに身を隠しながら、隙を縫って応戦する。

M4カービンのカスタムモデル。人間工学に基づく設計が為されたカスタムのグリップパーツのおかげで、狡噛は絶え間なく振動する列車の上でも正確に照準しながら、銃撃する。

両者は二両目の貨物車上で撃ち合っている。雑多な貨物が積み込まれたこの車両上には遮蔽物が多く、撃ち合いには持ってこいの環境だ。ただし、その分だけ勝負は長引く。

ガルシアに続いて、狡噛がいる場所もトンネルに入った。その闇に紛れ、弾倉《マガジン》を交換《リロード》する。手持ちは、これが最後だ。かなりの数を持ち込んだつもりだが、ここに来るまでにすっかり使い果たしてしまった。だが、弾丸を惜しんで戦って勝てるような相手ではない。

「随分面倒なことをしてたもんだな！」

怒鳴りながら撃つ。撃つ。撃ちまくる。

「普通に盗賊団になればよかっただろう！」

言っても詮ないことではあった。が、言わずにはいられない。

怒りが、失望が、狡噛を衝き動かしている。

ガルシアは無言で打ち返してくる。徐々に位置を変え、少しずつ近づいてくる。冷静だ。おそらくは普段通り。

これだけの損害を被り、狡噛がすぐそばまで迫りつつあるというのに、着実な攻め手を選択している。

そのことが、さらに激しい怒りをかき立てた。俺の非難なんぞ、なんとも思っていないというのか。ガルシア。

ギレルモ・ガルシア。貴様にとって「平和」とは何なんだ。

ただの飯の種か。血の滴る肉片を汚い手でつまみ上げ、じらすようにぶらぶらさせてから放り投げれば、たちまち野良犬どもが食いついてくる。奪い合いだ。やがて殺し合いになる。獲得よりも殺戮《さつりく》が、欲望よりも憎悪が、優先されるようになる。その醜い争いを、手慣れた仕草で貴様は止める。恩着せがましい善人面で、説教のひとつも垂れながら。

そういうことなのか、ガルシア。

それだけなのか、ガルシア。

おまえと俺とは――狡噛は苦い思いで考える――似たもの同士じゃなかったのか。

生きにくい世の中で、まっとうであろうと望んだ。

そのたびに手を血に染めることになっても。

諦めず進んだ。前へ、前へと。

これからも。生きている限り。

そういう奴なんじゃなかったのか、ガルシア……！

狡噛の挑発を、むろんガルシアは受け止めていた。無視しようとした。無用の問いだったから。自己矛盾はとっくに理解している。紛争調停のための紛争。自らの尾を喰《く》らう蛇になることを選んだときから、自分が終わりのない地獄に落ちることはわかっていた。

「平和」のために停戦交渉を行うことも本当だ。「平和」のためにゲリラに略奪をさせることも本当だ。混沌と秩序。その狭間にあって中立でいることはできない。どちらかに転落するか、どちらも支配するか。それ以外に、終わりのない紛争だらけの世界で生きていくすべはない。

狡噛が撃つ。撃つ。撃ちまくる。火線が頭上を過ぎてゆく。ガルシアはしゃがんで弾を込めながら、流れ去る死の軌跡を感じている。轟音に包まれているのに、奇妙なほど静かだ。奴は撃っている間は黙っている。当然だ。恨み言よりも殺意のほうがよっぽどピュアで迷いがない。

ガルシアにとっても同じだ。口封じのため殺さねばならなかったのは過去の話だ。今は違う。奴は部下の敵《かたき》だ。憎しみが、悲しみが、ふさわしい末路をくれてやる以外の選択肢を閉ざしている。

殺す。それでいい。決着がつく。だが、それだけでいいとは思えなかった。奴の言い草が我慢ならない。

盗賊団だと？　この俺が、そしてかわいい部下たちが、そんなもので生計《たつき》を立てるのがふさわしい屑野郎だと言いたいのか？

違う。断じて。かれらには理想があった。夢があった。そのために戦ってきたのだ。

信念に嘘はない。少なくとも部下たちの大半は、ただ「平和」を夢見て、もっとも危険な戦場へと立ってきたはずだ。そのことを、狡噛。貴様だってわかっているだろう。

〈停戦監視団〉と襲撃ゲリラ――その双方に、ギレルモ・ガルシアは通じている。だが、その二つに属する者たちはどちらもまったく別の人間だ。お前が殺したのは、正義と平和のためにたとえ自分の命を差し出してもいいと覚悟を決めた奴らだったんだ。間違っても、こんなところでお前に殺されていいような人間ではなかった。なのに、あえて侮辱する。ガルシアを怒らせ、隙を誘うために。

狡噛――、お前が吼《ほ》えていることはな。俺がとっくの昔に経験してきたことなんだよ。お前はこの世界でどれだけの時間を生きてきた？　たった数年程度で世界の真実を知った気になっているとすれば、それは愚かなことだ。いいか、お前は屈強な戦士だ。だが、その精神は結局、日本人なんだよ。世界中が戦争の混沌に呑まれていくのに背を向けて、〈シビュラシステム〉とやらのおかげで戦争といっさい無縁で生きていける世界。それはお前たち日本人にとっちゃ世界でゆいいつの理想郷かもしれない。だが、俺からすれば、世界でもっとも欺瞞の「平和」を享受しているのはお前たち日本人だ。温室育ちのお坊ちゃんが、何も知らないままで浅はかな正義を口にするんじゃない。

許せなかった。黙ってはいられなかった。

「傭兵も盗賊も……、自分だけでものを生産する能力はない！」

怒鳴り返して立ち上がった。マガジン交換は終わっていた。狙いを変えて撃つ。

奴が頭を引っ込める。待ち構えていたポイントとは異なる角度からの着弾に驚いたようだ。

ガルシアもしゃがみ、立ち位置を変えながら叫ぶ。

「奪い続けるだけではな……」立ち上がり、すり足で移動しながら連射。ありったけの弾を叩き込む。足元は薬《やっ》莢《きょう》で埋め尽くされる。「――限界が来るんだ」

弾が切れた。手元に残っていた最後の弾倉だった。補充は可能だ。運転室に取って返し、積み重なった屍から回収してくればいい。だが御免だった。戦場荒しは下郎のやることだ。かれらの銃はかれらの誇り。共に眠《ねむ》らせてやらなければならない。

ガルシアは銃を捨て、サイドアームを抜いた。

ふと動きを止め、手の中の銃をまじまじと見た。Ruger SP101 リボルバー拳銃。鈍い銀色の銃は、愛用するナイフと同じくらい鋭利な光を湛えている。

一連の斉射が、ガルシアの前方遮蔽物を横薙ぎに通過していった。

狡噛が移動した。間合いを詰めてくる。沈黙したガルシアを煽り返してくる。

「自分勝手な言い草だな!」

だが、銃撃はない。なぜ撃たない？　マガジン交換か？　いや、弾切れか？

ならば、奴はサイドアームを抜こうとするだろう。しかしそれはここにある。ガルシアの手のなかに。

あのとき——ガルシアは考える——奴は、あそこにいたのだろうか？　だとすれば——今これだけ憎悪と憤怒を抱えて襲撃してきたはずの男は、なぜあのとき、この銃で撃たなかった？　この銃を捨てて逃げたのだ？

狡噛ではない——だとすれば、いったい誰が？

が、今となってはどうでもいいことだった。ガルシアは狡噛を殺すことしか興味がない。

倒すべき敵を倒すだけだ。それ以外、仲間の無念に報いることはできない。

列車が長いトンネルを抜け、再び嵐の真っ只中へ突入する。

その刹那、狡噛は見る。前方に立ち上がった男のシルエットを。

ガルシアは無防備に全身を晒していた。手にしたリボルバー拳銃を、積み上げられた荷物の上に置く。厳かな儀式を思わせる仕草だった。それからナイフを抜いた。使い慣れた品と同型の新品。

「……来いよ、狡噛」

狡噛も抜いた。

まだ人の血を吸ったことのない刃が、荒天の下で鈍く光った。

狡噛も抜いた。ガルシアの愛用品。そして凶器。血まみれのなまくらだ。テンジンの肉を切り裂いた刃を、改めて研ぐ気になどなれるわけがない。ナイフは手入れを怠れば切れ味はたちまち鈍る。しかし、十分だ。突き立ててやれば刺さるだろう。力いっぱいに捩れば肉をズタズタに裂くだろう。

大股に近づいてゆく。高低差のある荷物を踏み越え、ガルシアだけを睨み据えて。

ガルシアも来る。ゆっくりと。恨み言を述べながら。

「部下を食わせる……ってことの重さが、独り身のおまえにはわからんのだろうな……」

立ち止まる。対峙する。吐き捨てる。

「おまえの人生は、他人の人生を背負ったことのない奴の生き方だ」

「ああ……その通りだ」

だからどうした。それでお前の悪事が正当化されるわけじゃない。俺のお前への憎しみと殺意が消えてなくなるわけじゃない。

列車は鉄橋に差しかかった。渓谷を渡り、南へと続くルート。この国の希望。

が、すでにポイントは切り替えられており、列車は破滅へと突き進んでいる。

その上で、狡噛とガルシアは呼吸を計っている。

死に行《ゆ》くためにこのルートを選んだわけではない。この国の生命線である鉄道に、被害を及ぼさないための措置だった。生まれ損なった希望の上で、偽物の「平和」を謳う悪党と決着をつける。

そうすれば、少なくともこの国は、これからも生きていけるだろう。

鉄橋に差しかかった。交差する梁が高速で飛び去る。疑似ストロボ効果が発生する。視覚と聴覚に加え、全身を断続的に刺激する律動《パルス》のリズムが目眩《めまい》を呼ぶ。

深く息を吸い、集中する。

狡噛から仕掛けた。刃と刃の交錯、応酬、刺突と回避。踏み込みと見切り。ステップとスウェイ。

狡噛が襲いかかり、ガルシアがカウンターを放つ。素早くかわし、伸びきった腕を取り極めようとすると、ガルシアは魔法のように逃れる。身体が入れ替わり、狡噛が先頭車両側へ、ガルシアは後尾へ。

鉄橋が、背後から飛来し前方へ去ってゆく。眩惑《げんわく》感が強まる。

ガルシアのナイフがボディを狙って抉《えぐ》りにくる。狡噛は左腕で払い、内から摑んでねじり上げながら相手の懐へ押し入ろうとするが、ガルシアの左手が、振り下ろす狡噛の右手首をがっちりと摑んでくる。

両者ともにナイフを持つ利き手を封じられ、力比べになる。狡噛とガルシアは身長もほぼ同じ。やや、ガルシアのほうが痩せている。加齢による影響もあるだろう。だが、その分だけ研ぎ澄まされている。力任せに迫ればしなやかにいなされる。そういう卓越した技量がガルシアには培われている。

だから、狡噛は力比べをすると見せて、ふいに右手を引いた。同時に膝蹴りを放つ。ガルシアの身体が浮いた。

狡噛は、渾身《こんしん》の力でガルシアの拘束を振りほどき、右手のナイフを振り下ろす。

が、ガルシアはすれすれで逃れた。返す動きで薙ぎ払ったが、これも大振りになってしまう。見切られている。

いったん離れた。それでも至近の間合い。互いの呼気が触れるような距離だ。

狡噛の、押し切ろうと振り下ろす右手。同時に左手は、相手のナイフを封じるため伸ばしている。

ガルシアも的確に対応し、またしても力勝負になる。若さに任せて攻めきろうと試みるのだが、相手もしぶとい。自分の呼吸を知っている。強引に突き進めば逆にいなされ、主導権を取られるだろう。

埒《らち》があかない。狡噛はいったん跳び退り、間合いを取った。

と、ガルシアは半身の構えから突っかかってくる。居合の抜き打ちに似た動きだ。腕とナイフが一体となり伸びてくる。恐れがない。自分の攻撃の範囲を明確に理解している人間の動きだ。ガルシアには狡噛が比較にならないほどの実戦経験がある。

速い。

だが、見切った。腕が完全に伸びきったところを摑み、狡噛は容赦なくねじった。そして斬りつける。腱《けん》を狙ったが、やや浅い。それでもガルシアの手は、びくんと震えて開いた。

その手から落ちたナイフが鉄橋の下へ消えていった。

狡噛の左手は、ガルシアの右腕を捩りながら押さえている。

右手には得物がある。ガルシアのナイフ。テンジンを傷つけたナイフ。

それを顔面へぶち込もうとする。ガルシアの左手が遮る。構わず抉ろうとするが、抵抗される。揉み合ううちに再び身体が入れ替わり、狡噛が後尾側へ。押さえていたガルシアの右腕が振りほどかれた。すかさず打撃が来た。ひねりを利かせた肘打ち。どうにか左腕でガードする。右手はガルシアに押さえられたまま、互いに両腕をクロスさせたような奇妙な格好で手詰まりになる。

打開するには力圧しでは無理だ。狡噛は右の膝撃ちを放つ。続いて左ミドルキックを放つ。ボディに入る。たまらずガルシアがバックステップで距離を取る。距離が開く。

狡噛は右手のナイフを高く掲げ――そこから右のハイキックを叩き込む。ナイフはブラフだ。絶好の間合いとタイミングで決まった一撃に、血を吐いてガルシアがのけぞった。

さらに追撃する。一発。二発。いずれもハイキック。ガルシアはよろめいて、積み上げられたコンテナにもたれかかる。荒い呼吸。まだ倒れない。顔を上げる。苛烈なまなざし。戦意は衰えていない。それどころか憎悪が増している。

狡噛はナイフを構え直し、一気に決めにかかった。流れを手にしているうちに決着をつける。

だが、その焦りが隙を生んだ。カウンターの右ミドルキックが狡噛の鳩尾《みずおち》に入った。

息が詰まり、一瞬棒立ちになる。ガルシアはチャールストンでも踊るようなステップで左から蹴りを放ち、狡噛の右腕を刈り払った。手から飛んだナイフが、二両目のコンテナ上を後尾側へ転がっていく。

たまらず倒れた狡噛はうつ伏せになって防御体勢を取る。ガルシアは止まらない。もたれかかっていたコンテナをアトラスのごとく抱え上げ、狡噛めがけて投げ落としてくる。策士らしからぬパワーファイト。

コンテナに叩き潰される寸前、狡噛は立ち上がって逃れる。

ガルシアは目の前だ。抱えていたコンテナから手を放したところに――、右ボディブローをぶち込む。確かな手応え。レバーに入ったはずだ。

なのに、ガルシアはこともなげに狡噛の右を封じ、同時に右手で喉輪を攻めてきた。とてつもない握力と圧力がかかった。押し込まれるままに狡噛は退《しさ》るしかない。苛烈な精神力で痛みを捻じ伏せている。

殺気が爆発的に膨らみ、ガルシアが両手を突き放した直後、猛烈なラッシュが始まった。

左フック。右。左。連打。五つ。六つ。重い、一撃が。そして速い。脈拍よりも。

棒立ちになった狡噛は、サンドバッグのように次々に打撃を喰らう。コンテナの端まで追い詰められ、なんとか反撃のチャンスを探ろうとするが、まったく隙がない。視界が狭い。しかも霞んでいる。滅多打ちにされた顔が腫れ上がり始めている。揺さぶられた脳が悲鳴を上げている。立っているのがやっとだ。

と、ガルシアが狡噛の胸ぐらを摑み、後方へ振り回しながら突き飛ばした。

狡噛は二両目後尾側へ吹っ飛ばされる。刹那、視界をナイフがよぎった。とっさに左手を伸ばすが、取れない。ガルシアが唸りながら飛びかかってきたからだ。マウントポジションでの連打。一発ごとに後頭部がコンテナに叩きつけられる。が、パンチは二発で終わった。

その代わり、その両手が狡噛の頸にかかった。首絞めでトドメを刺そうとしている。この男は――ガルシアは生粋の戦士だ。確実に相手を抹殺するための技術を完璧にマスターしている。

狡噛は、たちまち頭が破裂しそうになった。鋼鉄の首輪で血流と呼吸をせき止められ、ぐいぐいと締め上げられていく感覚。このままでは窒息する前に、頸をへし折られる。両手で振りほどこうとするが、すさまじい筋力だ。息の根が止まるまでに間に合わない。力比べでは勝てない。これが何十年も紛争だらけの世界で生き抜いてきた男の真の実力だ。生き延びるために払う犠牲に、いささかの躊躇もない。

狡噛は、刻一刻と失われていく意識のなかで、左手を伸ばして周囲を探った。

何か、何かないか――。

冷たい物が触れた。金属の感触。そしてグリップの質感。ガルシアのナイフだ。

逆手に握った。思いきり振るった。ほとんど反射的な斬撃だ。狙いもあったものではない。

だが、この至近距離で刃先は確かに標的を捉えた。肉を薙いだ。ガルシアの腹が斜めに裂かれて血を吹いた。

拘束が緩んだ。凍てつく雨、吹き荒ぶ風。世界の認識が明瞭に取り戻される。今だ、今しかない。

斬撃の勢いのまま身体を入れ替え、狡噛が上になる。ためらわずナイフを振り下ろす。ガルシアの腕が受け止める。押し込む。阻まれる。至近距離で睨み合いながら、なおも押す。両手をかけて、じりじりと、ナイフを、奴の頸筋へ近づけてゆく。

「俺たちは……」

ガルシアが声を絞り出す。見開かれた両眼が血走っている。獣が叫ぶようだ。違う。人間だ。多くの血を流させ、そこで手にした偽りの「平和」を本当の平和のように偽ってきた男が叫ぶ。怒号を迸らせる。

「ただ、居場所が欲しかった……、それだけだ――」

その言葉は真実だろう。本心から、ギレルモ・ガルシアは同胞と暮らせる故郷を欲した。

そのために、「平和」を生み出し続けた。

それ以上の血の「犠牲」を生み出し続けて。

流れ続けた赤い血は川となり、この大地に消えることのない戦火という傷痕を生み出し続けた。多くの人間が殺された。少女は家族を失い、復讐をすることだけが生きる意味になってしまった。

復讐に命をかける価値などない。

命は命だ。それ以上でもそれ以下でもなく、そして失われたら二度と取り戻されることはない。

「ふざっ、けるな……」

切っ先は、血脂まみれのなまくらにしては驚くほど滑らかに皮膚を裂き肉へ食い入り、なお深く、深く沈んだ。

それにつれてガルシアの抵抗は、意志によらず生理的な反応としての痙攣《けいれん》に取って代わられた。

やがてそれも絶え、列車の走行音だけが残った。

狡噛はゆらりと立ち上がり、屍を見下ろしながら言った。

「……テンジンからだ。ナイフは返したぞ」

ガルシアは最期まで眼を見開いていた。ナイフは、右の頸動脈を断ち切る位置に突き立ててあった。

ふと思い出して、奴が現れた場所を見る。

そこには狡噛の銃が置かれたままになっていた。

手に取り、少し考えた。

俺がこの銃を持ち続ける理由はあるのか？

復讐は終わった。きっと旅も終わる。そこで、俺はこの銃を手にして何をする――。

わからない。しかし、この銃を置いていくことはできない。失われようとしてもなお再び目の前に現れるということはすなわちこの銃こそが自分にとって分かとうとしても分かつことのできない何かなのだ。それは肉体と魂とともにありそして失うことのできないものだった。たとえ、どれだけの距離を孤独に歩んできたとしても。

狡噛は、鈍い銀色に輝く銃を腰のホルスターに収めた。

そのとき、機関車の動輪が急停止した。

列車の運行システムが、鉄橋の断端間際になってようやく前方の異状を感知し、緊急ブレーキをかけたのだ。

東部行きの未完成区間のデータはシステム内に組み込まれておらず、従ってそれは存在しないルートだったから、ポイント切り替えによる路線変更も認識されていなかった。

狡噛たちにとっては予定通りの、バグでさえない、予期された正確無比な誤動作。

だが、そこで生じた激しい揺れによって。狡噛はバランスを崩しコンテナにしがみつく。

列車が火花を散らしながら突き進んでいく。急激な減速が行われるが、ここまで疾走を続けてきた軍用列車の車体はそう容易く停止しない。ぐんぐんと鉄橋が迫る。峻厳な峡谷の狭間に延び——その先端は途切れている。

計算上ではブレーキが働き、鉄橋の断裂箇所寸前で停止するはずだった。

だが、その計算には天候の影響が考慮されていなかった。晩秋の雨は冷たく、山中の鉄路の屍は、すでに半ば凍りかけていた。列車は抑えを失ったかのように真っすぐに進み続けた。減速が間に合わない。

鉄橋が終わる。鉄路が途切れる。

先頭をゆく機関車が、全速力で虚空へ飛び出していく。

車体が、ぐらりと傾いで落下に転じた。

続く二両目は波打つように跳ねた後、狡噛を乗せたまま、奈落へ引きずり込まれていった。

狡噛は為すすべもなく宙を舞った。世界のあらゆるものと接点を失った完全に自由な一瞬が訪れていた。

谷底は深い霧に包まれている。何も見えない。だが、そこに落ちたが最後、二度と生きて帰ってこられない。

運命を受け入れる。最後に選んだ分かれ道は死の世界へと続いていた。そういう納得を得ることもできた。もうこれで十分だと命を手放すことで、何もかもを終わりにできる。

だが、それを望むことはなかった。

狡噛は、その手を伸ばしている。空へ。たとえ何も摑むものがなかったとしても。

そこに――鋼鉄の機影が飛び込んでくる――フレデリカの多脚型軍用ドローンが猛スピードで鉄橋の隅を駆け抜け、列車を追い越す勢いで空中へと飛び出していた。

宙を舞う狡噛の視界に、ドローンが追いつき、たちまち追い越してゆく。

狡噛は列車の車体を蹴って空中へ身を躍らせる。ドローンのフレームにしがみついた直後、砲塔下部からワイヤーフックが射出された。それは対岸の鉄橋に絡みつき、がっちりと固定される。

狡噛とドローンは振り子のように対岸側へとスイングしていく。

列車は一直線に谷底へ落下し、爆発した。真っ赤な炎が迸った。それが英雄と謳われた男の死に手向けられた紅蓮の花束だった。

そして――狡噛は、ドローンの尻に片手でぶら下がったまま、眼下の惨状を呆然《ぼうぜん》と見ていた。

機関車一両の喪失は、この国の鉄道にとって小さな損失ではあるまい。むろん他にも保有されている車両は複数台あるだろうから、鉄道の運行に今すぐ支障をきたすことはなかろうが、確実に被害をもたらす。

必要以上の犠牲を出すつもりがなかった。だが、狡噛が行く先には厄介事が起きる。そして、いつのまにか自分はその当事者になってしまい、事態は予想を遥かに超えて拡大してしまう。狡噛にそのつもりはない。しかし、周りが否応なく変質していってしまうのだ。

そのせいで起きる面倒が嫌で、狡噛はいつも旅に出た。土地から土地へ転々とし続けた。

だが、本当にそれでよかったのか？

俺は――

本当は――

「狡噛の旦那！」

ツェリンが、鉄橋の断端から身を乗り出している。

「今、助けるぜ！」

だとしても、命拾いをしたことを今は喜ぶべきだ。

鉄橋断端にぶら下がったままのドローンが揺れている。ワイヤーは巻き取られ、鉄橋のすぐ下までよじ登ってきていたが、ここから先はフレデリカのコントロールが必要なのだろう。回収は彼女に委ねておけば間違いあるまい。

狡噛は、ツェリンとともに地面に座り込み、降りしきる雨に濡れている。

これからどうすべきだろう。やるべきことをやりきって、すっかり頭の中が空っぽになっている。

「……なあ」狡噛は、うなだれたまま言った。「前に、途中で終わった小話……」

「えぇ？」

あおのいて雨を浴びていたツェリンが、いぶかしげに狡噛を見る。

「雨の中で踊る男」

「ああ」

「オチがずっと気になってたんだが……」

やれやれとかぶりを振って、ツェリンは話し始めた。身振り手振りも交えている。

「――ある雨の日だ。ひとりの男が傘も差さずに大通りで踊ってる。そりゃあみごとなダンスで、通行人はやんやの喝采よ」

狡噛は顔を上げる。ぶざまに腫れ上がった顔を。

「そこに居合わせた俺は、踊る男に話しかけた。『どうしてわざわざ雨のなかで踊るんだい？』――そしたら、そいつはこう答えた」

ツェリンはすっかり調子に乗って、気取ったポーズで演じた。

「――『実はさっき小便を漏らしてね。ズボンが濡れたのをごまかすために、やってるんだ！』」

決めポーズ。どうだ、笑えるだろ？　全身でそう主張していた。

狡噛は、しばらく反応しなかった。

不意にかくんと頭を下げ、顔を背けるようにして溜息をつくと、大の字になった。

ツェリンもがっくりと肩を落とした。

「ハァ……」

大きな溜息まで漏らした。

が――ツェリンは気づかなかった。

雨に打たれて横たわる狡噛の口元に、子供のような笑みが浮かんでいたことに。

雨雲が切れ、太陽が顔を覗かせた。

雨はまだ降り続いていたが、じきに上がるだろう。

これからどうすべきか――それはこれから考えればいいことだ。

ハンヴィーの運転席でHUDをむしり取ったフレデリカは、満足げな溜息をついた。

彼女の視界には、列車の転落炎上現場から立ち上る黒煙が遠く捉えられている。

あれの後始末は、そう難しくはあるまい。今夜の仕事はほぼ終わりだ。

ひとつ厄介なのは、背後関係の評価だが――まあいい。おおむね目星はついている。証拠も手に入る。

「はい。やはり、ピ、ー、ス、ブ、レ、イ、カ、ーが武器の供給源でした」

そして、フレデリカは、デバイスを介して通信を行う。通信システムのホロ画面には相手のIDが表示されていない。そんな必要はなかったし、危険ですらあった。

彼女は擱座《かくざ》した敵ドローンにPCを繋げ、データコピー作業を行っていたが、その過程で証拠を摑んでいた。

「……了解。撤収します」

彼女は手早く支度を調え、立ち上がった。車はすぐ傍らに駐《と》めてある。いつでも立ち去れる。

が、その前に、空を仰いだ。やがて晴れるだろう嵐を。

けれど、きっとまた襲いかかってくるだろう。

平和のために平和を壊す者たちが。

第一七章　風の峠道

病室に持ち込んだラジオは長年愛用した品だ。キンレイ叔父さんが、あの夜の混乱のなか、手荷物に加えてくれたもののひとつ。それは窓際の床頭台に置かれ、ニュースを流していた。

『……停戦監視団の隊長ガルシア氏が暗殺された事件について、部隊を受け継いだツェリン氏は、犯人を日本人の傭兵、狡噛慎也と断定し、賞金を掛けることを発表しました』

テンジンは、ベッド上に起き上がってそのニュースを聞いている。

『狡噛慎也は紫龍会のリーダーを暗殺した件でも――』

キンレイ叔父さんがラジオを止めた。

テンジンは呟いた。何かを口にせずにはいられない。

「コウガミが……」

「そうでもしなければ、停戦交渉はおじゃんんだ」

窓から往来を眺めていた叔父さんは、テンジンのほうへ向き直って座り、顔を背けて言った。

「誰かが悪役を引き受ける物語が必要だった……」

それが真実なのだと、誰もが信じる物語。それこそが「平和」を作るための真実になる。本当に起きたことと真実は必ずしも一致しない。平和をもたらした英雄が正義とは程遠い存在であったように、悪を為したとされた罪人こそが本当は正義のために戦うこともある。

〈三部族〉の対立は解消の兆しを見せ、均衡と秩序がチベット・ヒマラヤ同盟王国に訪れようとしている。

平和――、誰もがその到来を願っていた。

そのために、あのひとは犠牲になることを選んだ。名誉や賞賛というものに価値などはないと言わんばかりに、この地を去って、二度と戻ってくることはない。

そう思ってしまう。遠くに行ってしまった。自分のそばを離れてしまった。ほんのわずかな時間を一緒に過ごしただけのはずなのに、あのひとがいなくなって、テンジンの心にはぽっかりと大きな空白ができてしまった。それはきっと長い間、苦しくて消えることのない痛みとなって自分を苛み続けるだろう。

狡噛慎也《こうがみしんや》。

あのひとの名前がどんな字を書くのかさえ、知ったのは、今更になってからだ。

どうしてもっと早く、もっと色んなことを聞けなかったのだろう。別れが来ると知っていたのなら、もっと何かができたかもしれないのに——。本当に？　行かないでって泣いてすがりついただろうか？　テンジンは、それでも自分が狡噛にそんなことを言う自分の姿が想像できないし、その想いに応えてずっと一緒にいると頷いてくれる狡噛も、あるいはその手を振りほどいて乱暴に去っていく狡噛の背中もやはり想像できなかった。

その出会いが突然だったように——

その別れもきっと突然でしか有り得なくて——

テンジンと狡噛は偶然に、この地で出会った。それは互いに辿ってきた運命ゆえの一瞬の交錯だった。だから、別れも避けられなかった。別れたくて別れるのではない。最初から、そうなることが決まっていた。この先に続く道は、それぞれが歩むべき未来へ向かって敷かれている。

狡噛は、遠くに行ってしまった。また別のどこかへ——

「……ほんと、馬鹿な人ですよ」

テンジンの手には本がある。『恩讐の彼方に』——父が遺したこの本は、今や彼女にとって誰よりも大切な人の置き土産でもあった。ここに何が書かれているのかは、その人から教わった。

けれど彼は、実之助にはなれなかった。いや、あえてそうはならなかったのだろう。

きっと彼はこれからも、ならず者の市九郎のまま罪を背負い、そのことによって誰かを救うのだろう。

いつか、自分はこの物語を読み終える。復讐をしない実之助と復讐をされなかった市九郎は、どんな結末を辿るのだろう。復讐を拒む結末をテンジンは信じられなかった。しかし、今はその復讐の彼方にあるものが何なのか知りたかった。実之助は市九郎に復讐しない。なら、このふたりは最後に、どのような運命を辿るのだろう。

その答えを知ることができたら——、ひょっとしたら、私はまたあのひとと——

「先生……」

頼りないほど薄い本だ。かき抱いたテンジンの胸も、今はまだ幼い。けれど内に秘めた思いは熱く、消えない炎を宿し続けてゆくのだろう。

昨日までの雨は上がり、今日は青空だ。

振り仰いだテンジンの眼から、ひとしずくのきらめきがこぼれた。

これでいい。これっきりだ。もう泣かない。

そうして見るのだ。彼女たちが生き、築き上げていく世界を。

誰かが宿した平和への祈りがもたらした——平和へと歩んでいく故郷を。

願わくば、まっとうであれと祈りながら——

峠のチョルテンから見えるヒマラヤの高峰は白銀に輝いている。

祠《ほこら》の白壁の陰に佇む男の話し声は、低く優しい。吐く息は淡い雪のような白さを帯びて、そして風に解けていく。

「……俺が頼んだことだ。これでいいんだ」

この国の光は眩く、影との境界線がくっきりしている。けれど、暗がりにいてなお、どこか明るさを感じさせる男だった。どれだけ手を汚し罪を重ねようとも、穢れを知らない男だった。

彼は電話の相手をいたわるように呼びかけた。

〈停戦監視団〉の新たなリーダーとなった男へ。

「……ああ。じゃあな、ツェリン」

通話を終えるとき、彼は端末に微笑みかけた。それが友への別れの挨拶だった。

「あなた、少し変わったわね」

ハンヴィーのボンネットにもたれたフレデリカが言った。

男――狡噛慎也は、おもむろにタバコをくわえた。かつて友だった男からもらった差し入れも、そろそろすべて灰になる。深く吸いつけて、勢いよく吐き出す。祈りの塔には罰当たりな煙を。風が一際強く吹いた。狡噛は神様に詫びを入れつつ、フレデリカを見やった。

「……そうか？」

「……世界の形は、そう簡単には変わらない」

呟いたフレデリカの息が白く凍った。彼女は狡噛から視線を外し、遠くを見る。

「だから、自分が成長せねばならない。過去と完全に決着をつけないまま世界を彷徨ったところで、前に進むことはない」

「過去との決着、か……」

狡噛は、この国に残していく少女に思いを馳せる。

意識を回復したとの知らせは受けた。それが最後の連絡になるだろう。キンレイには、彼の連絡先は消去するよう伝えた。万一の取り調べを受けた際のことも考えれば端末を処分するのが理想的だが、そこまでの心配は無用だろう。お尋ね者の狡噛慎也については、ツェリンがうまく計らってくれるはずだ。あいつはストーリーテラーだ。嘘くさい話でも真に迫って演じられる。やがてはそれが真実となる。

テンジン。

もうリハビリは始まったのだろうか。

傷跡は残っただろうか。

けれど、それもまた彼女の一部だ。抱えたまま胸を張って生きていくだろう。

前だけを見て。

澄んだ瞳で。

どんなに汚いものを見ても、彼女の瞳は曇りはしない。

テンジン――狡噛を、先生と呼んだ少女。

復讐のために戦う方法を教えてほしいと言った。

そんなものを教えてやるつもりはなかった。ただ身を守るためのすべを教えるだけ。

そう思っていたのに――、狡噛のほうがテンジンからかけがえのないものを教えられた。

まったく先生失格だ。そもそも、先生なんて柄じゃない。自分はそんなまっとうな人間じゃない。

でも、だからこそ――

あの子に恥ずかしい姿は見せられない。そう思った。

だから、狡噛はここにいた。

新たな旅へと向かう、その出発点に。

目的地は、ここから遥か遠くだ。これまで歩いてきたから、どれだけ距離があるかも知っている。

「――俺は〈シビュラシステム〉と相性が悪い。システムを憎んでいると言ってもいいほどだ」

「あら?」

フレデリカはいたずらっぽく笑い、ハンヴィーのドアを開く。

「シビュラシステムの下で暮らしている人々も憎い?」

もうひと口タバコを味わって、狡噛も車に乗り込む。そして答える。

「……まさか」

日本には、友と呼べる男がいる。

心を寄せるひとも。

今はもういない者たちの面影も、次々に去来する。

長い、長い旅――随分と疲れて、もうしばらくは何もしたくない。静かに休みたい。そう思って、あらゆるものに別れを告げた。旅に出た。復讐をして、もう二度と帰ってくることはないと思った。

過去は過去となって、永久に遠ざかっていくものだと信じていた。

いつか忘れてしまうのだと。忘れられてしまうのだと。

だが、そうでもないことを、狡噛は知った。

世界は広い。どこまでも広い。しかし、それでも自分が生きているのは地球という惑星で、大陸には果てがあり、先へ先へと歩いていけば、いつかは歩き始めた場所に辿り着く。

旅が、終わる——。

狡噛は、車内の灰皿に吸い殻を押しつけて念入りに始末した。

運転席のフレデリカが問いかけてきた。

「あなたには、救える人がいる。やることがある……」

答える代わりに扉を閉める。力を込め、音を立てて。

フレデリカが正面を見る。その姿勢のまま、念を押すように言った。

「本当に、いいのね？」

「ああ……」

眼を伏せて答える。

そして、ゆっくりと顔を上げる。

はためくルンタの影が、彼の視界に光を躍らせ、誘いかけるような暗がりを落とす。

決意は、揺るがない。

「——日本に帰ろう」

——『PSYCHO-PASS サイコパス Sinner of the System』完

あとがき

このたびは、本書をお読みいただき、まことにありがとうございます。

本作『PSYCHO-PASS サイコパス Sinners of the System』は、二〇一九年一月より連続公開された、劇場版三部作『PSYCHO-PASS サイコパス Sinners of the System』の『Case.1 罪と罰』、『Case.2 First Guardian』、『Case.3 恩讐の彼方に＿＿』を小説化し、上下巻にそれぞれ収録したものです。

共著者を代表し、私、吉上亮がこのあとがきを書かせて頂きます。

本作は、共著というスタイルを採用しています。自分にとって、小説を共同で執筆するというのは初めての試みでしたが、共著者の茗荷屋甚六さんから各編ともに高い精度の原稿を頂き、トラブルらしいトラブルもなく、小説の完成度を追求できました。まず、この場を借りて御礼申し上げます。

共同執筆というと、各人で担当箇所を分担する形式もありますが、本作では、まず茗荷屋さんに各編の脚本決定稿および映像から小説の初稿を執筆頂き、その後に吉上が再度の調整作業を施し、完成稿とする形式といたしました。

そのためシステマティックな分担ではなく、「SS三部作」を小説というフォーマットに再出力するために必要な表現、文章を共同著者それぞれが考え、記述し、各編を制作しています。ある意味で本作は、二人の著者から捉えた『PSYCHO-PASS サイコパス』の物語が折り重なっている、というべきかもしれません。

それにしても、茗荷屋さんが執筆された初稿は、まさしく映像を小説へ翻訳した、といわんばかりの完成度であり、一読して瞠目しました。その視点は映像に描かれたあらゆるものを見逃さず、画面の隅々にまで余すことなく向けられた観察眼によって、映像ではほんの一瞬しか映らない事物にまでも微に入り細を穿つ検証が為されていました。

驚かされました。圧倒されました。

アニメーションは架空（フィクション）を描写する映像作品です。それゆえ、そこに映るあらゆるものは人の手によって描かれたフィクションです。しかし、精度を極めた描写には、真実（リアリティ）が宿ります。塩谷監督を始めとするProduction I.Gスタッフの皆様が作り上げた「SS三部作」の映像には、このリアリティが横溢しています。茗荷屋さんの筆致は、このリアリティを映像から小説に落とし込む、という翻訳作業を完遂しています。ともすれば、リッチな映像を再現するために本文描写を華美にしてしまう、映像の速度感を再現しようとするあまり簡素すぎる表現になってしまう——そういった過ちはいっさいなく、一見するとてもシンプルに、しかし過不足のない文章によって映像が小説として描写されている。そのような小説を茗荷屋さんに書いて頂きました。

ある意味、そこですでに映像の小説化は完成しています。では、自分はどのような作業を行うべきか。頂いた原稿をチェックしながら、為すべきことを考えました。改めて各編の脚本と映像に目を通し、小説執筆の方針を検討しました。最初に作業を行ったのが、自分が脚本を担当した『Case.1』であったのは、ある意味で幸運でした。

脚本決定稿から映像になる際に落としたセリフや描写を参照しながら加筆を行い、映像を踏まえて「小説としての完成版」を目指し、物語をアップデートする。文章の調整作業を全般にわたって行ったことで、後の二作における自分自身の作業の関わり方を定めることができました。

映像の小説化は茗荷屋さんが書く。それならば、自分は脚本執筆において塩谷監督と本読みのたびに交わしたやり取りや、『Case.2』、『Case.3』の脚本を担当された深見真さんとのやり取りを踏まえ、登場人物たちの心情の深掘りや本編および各スピンオフ作品との繋がりを描こう――。『Case.1』の改稿作業を経て、ようやく本作における小説執筆の方針が確立され、『Case.2』そして『Case.3』の小説化に取り組んでいきました。

それゆえ自分が茗荷屋さんの初稿から文章を改稿した箇所は、各編を経るごとに減っていったように思います。

また茗荷屋さんから頂く初稿にも、吉上が描くべき「空白」というべき部分が予め用意されるようになりました。といっても、文章内に明示されているのではなく、自然と「ここは自分が追記すべきだ」というのが小説の行間から割り出せるようになったというべきかもしれません。

呼吸の一致、というものが共同制作には欠かせません。茗荷屋さんに直接お伝えしたわけではなく、一方的な感想になってしまうのですが、本ノベライズシリーズでは、小説三作の執筆を通し、まさしく共著者同士の呼吸が一致し、その呼応が小説にも現れていきました。そのお陰で、小説をより豊かなものに仕上がりました。

『Case.1 罪と罰』では、脚本を自分が務めたこともあり、これまでと異なる霜月美佳の新たなる一面の発揮、その正義の在り方の発露や、宜野座の刑事としての在り方、弱者への共感と庇護の精神を描きました。また、彼らと対置されるロジオンや辻飼、鳥間たち犯人の心理や来歴を小説では描写しています。

「夜坂泉」や「久々利武弥」という力なき存在を、各人がどのように取り扱うか——その善意と悪意の相克というのが、本作において描きたかった主題でもあります。人間の善良さ、あるいは正義というものは、自らが何を為すか以上に、他者とどのように関わるか（とりわけ自らの行いによって運命を左右されるような力なき者への関わり方）によって決定される。だからこそ、「他者」と関わる責務を手放してしまった〈サンクチュアリ〉の人々は裁かれざるを得なかった。塩谷監督が名付けた『Case.1 罪と罰』というタイトルは、まさしくこの物語の主題を象徴しているように思います。

深見真さんが脚本を務められた『Case.2 First Guardian』は、刑事課一係執行官・須郷徹平の人生が決定的に変わるキッカケとなった事件を、かつての一係執行官であり、まさしく刑事を体現する人物であった征陸智己が、二係監視官の青柳璃彩とともに捜査する物語です。本作は過去のミッシングリンクを描いています。それゆえ、本編では故人となった人物が数多く登場します。あるいは一係の面々も現在とは異なります。狡噛は国外に逃亡しておらず、縢《かがり》がおり、宜野座は父親との因縁を払拭できていない。

「変えられない過去と向き合うこと」、それが本作の主題のひとつではないかと自分は考えています。主人公・須郷の苦悩は、「あのときこうしていたら」という後悔に根差しています。しかし過去は変えられない。失われた人間は戻らない。犯した過ちは消えない。それでも須郷も征陸も過去に誠実に向き合い続けます。それゆえ泥臭く、傷多く、時代から孤立してしまう彼らの生に、この上ない気高さが宿るのだと思います。刑事として——清濁併せ呑み、自らの人生を肯定することの尊さは、征陸が亡き後も須郷に引継がれ、そして別の誰かに継承されてゆくのだと思います。

また、この場を借りて、本作が遺作となった征陸智己役、有本欽隆さんのご冥福をお祈り申し上げます。

『Case.3 恩讐の彼方に——』は、映像においてもそうであったように、「ＳＳ三部作」

の総決算となる物語であるため、単独で下巻一冊を使って小説化することになりました。本作では、茗荷屋さんの観察眼と検証力が如何なく発揮されています。〈チベット・ヒマラヤ同盟王国〉で繰り広げられる異邦人・狡噛慎也と少女テンジン・ワンチュクとの交流、紛争地帯から紛争地帯へ終わらぬ放浪を続ける狡噛の魂の再生を描く本作は、文字通り異国が舞台です。言語、文化様式、死生観に至るまで日本とは異なる世界を描写するため、茗荷屋さんの筆致は、旗の呼び方ひとつに至るまで非常に仔細に調べられ、また一方で〈チベット・ヒマラヤ同盟王国〉を巡る動乱の経緯を見通す視野の広さに文字通り感服しました。

そのお陰で、自分は、主人公である狡噛とテンジンの二人の心がどのように動き、互いの関わり合いのなかで変化し、そして物語の結末へ至ったのか——その情動を追うことに集中できました。加筆調整作業の際には本読みにおける塩谷監督や脚本を書かれた深見さんのやり取りを思い出し、あるいは不明な点があれば深見さんにご質問する機会も頂きました。また、過去のノベライズシリーズも事あるごとに読み返しました。狡噛慎也は、自分にとって一種の聖域でした。今回、そこに踏み込むことへの恐れがありましたが、書き進めるうちに、狡噛慎也への愛情がとても強くなったことに気づきました。かくして、狡噛とテンジンの物語を描くことを、その結末までまっとうすることができました。最後に狡噛が発する一言に、本作で書かれた小説のすべてが詰まっています。

善良な魂との邂逅、過去との決着、旅の終わり──『PSYCHO-PASS サイコパス Sinners of the System』劇場三部作によって描かれた物語、そしてメッセージが、このノベライズシリーズを通し、その一端でも読者の皆様にお届けすることが出来たとすれば、著者としてこれ以上の喜びはありません。

最後に、共著者として本作を執筆して下さった茗荷屋甚六さん、制作にご協力頂いたモンスターラウンジ・戸堀賢治さま、塩谷直義監督、深見真さま、本書の監修に携わったProduction I.G のみなさま、そして本書の刊行全般にわたり尽力されたマッグガーデンのみなさま、まことにありがとうございます。記して御礼申し上げます。

二〇一九年一一月　吉上亮拝

PSYCHO-PASS
サイコパス
Sinners of the System　下

発行日　2020年1月9日 初版発行

著　吉上亮・茗荷屋甚六
協　力　モンスターラウンジ

発行人　保坂嘉弘
発行所　株式会社マッグガーデン
〒102-8019 東京都千代田区五番町6-2　ホーマットホライゾンビル5F
編集 TEL:03-3515-3872　FAX:03-3262-5557
営業 TEL:03-3515-3871　FAX:03-3262-3436
印刷所　株式会社廣済堂
装　幀　岡本圭介

ISBN978-4-8000-0917-3 C0093